AF290794

Moderstystnaden

Evelina Varas

Förlag: BoD – Books on Demand,
Stockholm, Sverige
Tryck: BoD – Books on Demand,
Norderstedt, Tyskland
ISBN: 978-91-7569-500-6

Till B, allting, alltid

Preludium

Ordning. Oordning.

Klipp till en kniv som penetrerar brödet medan smulorna faller över golvet. Marmelad på vaxdukens gula skeende. Samtidiga rörelser utan korrespondens, gälla skrik genom öppna fönster, lukt av tågkupé. Simpla kartonger fyllda med söta flingor. Klipp till klirr och smutsiga servetter.

Ordning. Oordning.

Staplade tallrikar. Smulor på golvet. Skåpens blanka intighet.

Klipp till neddragna persienner vilka krullar sig emot natten. Klipp bort alla scener som inte passar.

Sulkyn har fastnat med ena hjulet nedkilat mellan kullerstenarna.

Rensa minnesbanken, låt solen sjunka. Gnistrande tallrikar, välpolerade bestick och rengjorda hörn. Perfektion råder i ett dallrande ögonblick innan. Klipp.

Att få barn är också att raderas utan möjlighet att återuppstå, eller snarare att förlora potentialen till återfödelse; vi kan kalla processen för början på döden.

Du är numera alltid den andra i kön, underkastad. Andras smulor att städa undan. Du står villrådig och vill skrika men måste huka dig för det bristfälliga bordsskicket hos den som inget bordsskick har.

Vilken lycka! Att ha en uppgift. För den som ingen uppgift haft. Du blir gammal medan du väntar på att barnet ska lära sig äta ordentligt och har redan glömt vem du var.

Klipp.

Vakenhet

Hon vaknar och egentligen finns det ingenting som
fattas henne; hon kunde vara vem som helst. Hon är
det. Alla kvinnor äger förmågan att vara en av
kvinnorna som upptar världen, fastän de flesta aldrig
märker av sin kapacitet. En livstid bakom tysta ögon.
    Hon vet, och ändå skräms hon av sina färdigheter.
Det vill säga: att hon blir rädd i mellanrummen, när
känslorna inte alls gör sig hörda utan klumpar samman
i döda nässelklasar vid hennes fötter. Då ångrar hon
vad som tänktes medan narrativet ännu stod i full blom.

Nu är hon alltså vaken och sitter i sängen med sitt
oborstade hår och önskar så smått att kaffet skulle
komma inrusande och ställa sig i givakt, för en liten
kopp vore alldeles lagom – varken mer eller mindre.
Hon har aldrig närt några stora krav inför tillvaron på
ett strikt materiellt plan. Det är i huvudet hon går vilse
när hon förlorar riktningen och i den intellektuella
sfären hon kräver sådan njutning som inte går att få,
men vad gäller kaffe och rumslig standard är hon

faktiskt som vem som helst, eller rentav än mer
anspråkslös.

Nu bor hon i ett litet vitmålat rum med anskrämlig
utsikt och sådant går inte vem som helst med på. Till
kvällsmat äter hon en omogen avokado som badat i för
mycket salt, hon sköljer den med kolsyrat vatten. Hård
avokado i marinad av bubblande saltvatten – vem som
helst går inte med på det.

Och ändå är hon en av alla kvinnor som har ett barn.
De vandrar runt med sina stora livmodertomrum som
ihåliga päron inuti kroppen och tar med avkomman lite
varstans – mödrar med rötter för att länka dem tillbaka
till sin egen historia – men inte hon.

Hennes rotsystem måste tagit en omväg för sängen
är tom sånär som på hennes egen kropp vilken verkar
ha slätats ut av solen och förlorat sina konturer.

Nu är hon alltså en kvinna utan kropp, och hon
vaknar.

Utanför väntar en stad. Den gör som städer gör: latar
sig. Väntar och vacklar och tvekar, vill inte vakna ännu.

Alltså täcker den sig i dimma och tystnar. Endast
trafiken fortgår.

Hon önskar att det fanns ordentliga gardiner att
gömma sig bakom men hon har bara ett enda
fladdrande stycke mellan sig själv och solen, där hon
vrider sig i sängen och försöker återgå till det normala
tillstånd som motsvarade människornas kontinuerliga
praktik innan de uppfann tiden åt sig själva att bära
som ett framrusande ånglok kring halsen.

Förmiddagen tycks redan pulsera innanför huden
och det finns ingen återvändo nu, det är *kaffe eller
tystnaden.* Hon väljer alltid kaffet. Behöver ingen annan
föda. Och barnet? Nej, det är tomt.

Nu när hon är vaken är det lätt att känna igen henne.
Hon ser precis ut som en liten bok; vinkelrät med tjocka
sömmar och gulnade blad vilka önskar falla om hösten
eller slå ut i vårens crescendo. Hon har inget kaffe vid
sin sida eftersom det bara var en fånig fantasi, men hon
önskar sig fortfarande nästan allting. Det är inte
fantasin det är fel på.

Hon sträcker sig efter tändstickorna och tänder det

sista kvarvarande stearinljuset i kandelabern på sidobordet. Lågan fladdrar bedrägligt i det skarpa ljuset innan solen hinner ikapp och vill ta död på inkräktaren. Hon skrattar tyst och är alldeles stilla.

Natten har ännu inte släppt greppet om hennes tunna armar och det är därför hon måste vända sig mycket försiktigt för att alls komma upp ur sängen. När hon står på golvet passar inte jeansen, trots att hon använde dem igår.

Det är alltså såhär det känns att vara ensam, tänker hon plötsligt, men ingen vet var den tanken kom ifrån.

Hon är vaken och det har hon varit förut, men kvinnokroppen tycks ännu ovan. Den buktar ut och provar sig fram i rummet. Hon känner sig lite rörd över sin egen bräcklighet och blir stående framför spegeln med huden blottad och ögonen på helspänn; en moder beredd på det värsta. Såhär har mödrar sett ut i alla tider, men när barnet inte är närvarande tjänar det ingenting till att bulta inuti huvudet.

Hon ser mot golvet. Det är mycket smutsigt. Hade hon vetat hur det såg ut skulle hon aldrig gått med på att rikta blicken nedåt – men nu är det för sent att ångra sig. Alltså viker hon överkroppen framåt tills fingertopparna nuddar plankorna och stryker fram mönster, låter tiden hinna ifatt.

Hänger böjbar och fragil som ett vårträd. Hon behöver inte anstränga sig; alla kvinnor äger förmågan att dö en smula.

Modern har blivit till en antik kvinna med tomma händer som väntar på mat. I hennes fall kaffe. Men det finns ingen på plats som kan servera det så nu står hon på golvet och ser dum ut. Tafatt och utspilld som en gammal karaff.

Om hon bara hade ordentliga kläder att ta på sig – men det har hon ju! Galge på galge av färg. Hon börjar genast att prova röda rosor på svarta bottnar som himmelens stjärnor och barndomens mörka vatten, men ingenting passar lika bra som föreställningen om en sval siluett att förgöra sig med. Hon står tomhänt framför spegeln och andas, magen häver och sänker sig. Att den burit ett barn. Ingen kan se det.

Många strödde komplimanger över hennes

förmåga att gå oberörd genom processen, men själv finner hon bristen på spår skrämmande. Ingenting berättar att barnet finns. Hur ska hon kunna veta säkert när den egna kroppen ljuger och svär sig fri?

Den här kroppen tillhör en nattlig dansös och inbiten vagabond, ingen riktig kvinna som förmår ge tyngd åt ett gnyende frustande liv. Hon måste se bort nu. Hon gör det.

Rummet tycks med ens mindre, skarpare i sina vinklar och hörn. Om det hjälpte att blunda skulle hon göra det. Sedan ser hon på tiden och kallar den för en vän, som ett test.

Hon står alldeles stilla och väntar men ingenting händer. Då suckar hon och tar på sig strumporna. Det finns ingen natt som inte kan bli till flera, men vad gäller morgnar är det en helt annan sak. De är alltid sig själva och alldeles orubbliga.

Den som kan överleva en morgon utan att förlora sig själv måste vara stark, eller en idiot. Så har det nästan alltid varit.

Nu är hon klädd i gröna sammetsunderkläder och guldarmband. På hennes torrskodda handleder glittrar vinterns sista minnen. Hon är vidsträckt men tam, en sommaräng vilken redan gått förlorad. Nyckelbenen viskar om steviolglykosider. Hon ber dem hålla tyst. Det finns ett barn som inte är här.

Hon vill stiga ut i luften men är inte redo. Ännu måste rummet utgöra hela hennes liv; en berättelse utan början och slut. Endast här blir tiden ofarlig. Molnen rör sig inte. Hennes hår hänger livlöst utmed ansiktet och avvaktar, bröstet häver sig inte mer. Ingen serverar kaffe men morgonen är inte mörk utan så ljus att ögonen tåras. Hon torkar dem inte.

Tårarna hänger kvar och bildar en ridå att förstöra sig med. Hon låter allting vara stilla.

Jeansen börjar efter hand att passa och dimman lättar utanför. Det är alltid en fråga om att vänta precis tillräckligt länge för att stå ut, utan att ge upp. Trafiken pågår.

Sedan återuppstår ett löfte som sedan länge växt till sig i trakterna innanför naveln och väcker henne ur den

slummer vilken vakenheten kommit att utgöra. Hon
måste ta sig *dit* idag. Med händerna fulla av presenter
och tårta, kliva in i sin egen kropp igen. Bli till en mor
vilken det är värt att sakna.

Med ens åker skjortan på och knäpps upp i halsen
och skorna knyts och håret är redan borstat och
kinderna piffas till med en blekrosa ton. Inga ringar i
öronen, det vore att gå för långt.

Barnets händer saknar minnen av moderns
berättelse. Hon fäster en svulstig brosch på väskan men
ångrar sig. Svala siluetter klarar solskenet men den som
förhäver sig måste dö; det lärde hon sig redan i
grundskolan.

Slutligen står hon på trottoaren och inväntar taxin med
den svettiga adresslappen i handen och hundra skuldcr
knackande på revbenen som otåliga barn utanför
tivolit. Sockervaddshjärna.

Tårtan smälter men hon måste ha glömt att barnet
inte tål laktos och inte jordgubbar heller – och vad
heter förresten barnet? Det där lockiga skaldjuret som
for ut och omdanade världen.

Hon bleknar, en av alla dessa kvinnor. Hon minns inte. Sommaren står still, tiden bryts av och söndras i smådelar. Där minnet borde finnas återstår en hålighet som växer.

Ett enda barn – och hon minns inte.

Årstiden är svart när hon återigen bäddar ner sig för att falla i dvala under tunga lakan. Brädgolvet lyser ostädat och glasklart, obarmhärtigt likt en svårtydd dröm vilken övergår i fantasier som förvrider huvudet och aldrig ber om ursäkt. Hon sover nu, måste sova. Inte vakna – bara sova tryggt som barnet i psalmen. Inte vakna farlig mer. Ändra allting i drömmen.

Förbandslådan på hyllan behöver fyllas på och räkningarna är inte betalda, men hon sover som ett destillat av avkomman. Mjukt och tungt av sammet. När hon vaknar ska hon inte andas, inte låta tiden rinna. Tårtan står och förgås i skenet från nattens alla lampor och presenterna är tysta i sina förpackningar.

Hon sover. Bara det.

Hon

Hon, vad finns att säga. Fråga inte mig. Henne känner jag inte – ingen gör det. Ett litet mysterium gömt inuti badrumsskåpet, förklätt till nymålade väggar och genomtänkta dekorationer, men nästan aldrig neddragna persienner och absolut tystnad.

Bara en enda gång var det så, och sedan den där blåsiga sommaren då man nästan alltid gick torr i munnen och lyssnade på ladugårdens knarrande i vinden medan turisterna forsade förbi på sina eviga cyklar, men sedan aldrig mer, inte hittills. Hon låter åren gå och låtsas att potatisen alltid måste vara kokt vid bestämda klockslag.

I Småland infaller dagens stora måltid vid middagen klockan tolv, med solen till fripassagerare i fönstren. Om middagen byts ut mot en enklare måltid kallas denna för lunch och kan till exempel utgöras av sallad eller en smörgås, men utgångspunkten låter sig inte omförhandlas utan förblir potatis, kött och sås trogen. I evig tid. Amen.

Hon minskade i vikt under sommaren och var stolt över det. När nästan ingen annan fanns där och krävde, bara sonen som höll sig i garaget eftersom han inte hade några vänner att åka till stranden med. För honom oroade hon sig, och döttrarna spridda i olika länder; de hade alltid varit försvunna så fort de fått chansen.

Ensam gick hon runt i blomrabatterna, drog vattenslangar, tänkte att spaljén behövde målas om. Sedan tänkte hon inte på det mer. Lämnade slangarna kalla och våta i gräset medan hon såg på solen och lät bli att läsa biblioteksböckerna, som låg strödda över soffbordet och störde ordningen på ett ohyfsat sätt.

Hennes klädsel är omsorgsfull. Låt oss säga: ren. Hon lämnar ingenting åt oförutsedda händelsekedjors nycker utan förekommer varje skrynkla och nedfallet hårstrå med oförtruten frenesi. Med fuktiga frottéhanddukar motar hon bort fläckar; katten har äntligen dött och kan inte sprida sitt ludd över tunikor mer. Nu härskar rituell lyster.

När hon var ung sades det att hon var vacker, men

hon vågade aldrig lyssna. Sprang istället i skogen på lunchrasten och hävdade att hon intagit fast föda.

Åldrandet går inte att förhindra fullständigt fastän ingen får ana hur gammal hon faktiskt hunnit bli. Hon har valt det genom beslutsamhet. Att människor ska tänka: *där går hon som var vacker, och fortfarande ser bra ut.*

Det fanns dagar då allting var annorlunda, i yttersta stillhet medan hösten föll och föll utanför, men hon tänker inte på det numera, nästan aldrig förutom den där sommaren då vinden kom och bråkade i hörnet av trädgården och förde sådant oväsen att hon måste gå in ett tag, och inte ens ville åka till havet fastän solen stod och skröt i skogsbrynet.

Döttrar är obetänksamma varelser, särskilt de förstfödda. Så har det alltid varit. De föds ut ur livmodern och ägnar sedan en livstid åt att arbeta sig ännu längre bort ifrån den. Vissa barn förlorar man nästan direkt medan andra stannar ett slag, men förlorar dem gör man i vilket fall som helst. Att vara mor är en obönhörlig och kontinuerlig förlust.

Hon ville ha barn eftersom man vill det i Småland.

Två eller tre stycken, minst ett av varje kön med välstrukturerade frisyrer. Potentiell stolthet att polera invid fikarumsborden, möjliga utmärkelser att läsa om i lokaltidningen. Hennes döttrar började vid mycket tidig ålder excellera på ett sådant sätt att hon undrade vem eller vad som egentligen frambringat dessa barn. De lyckades med allt de företog sig och började därför företa sig allt mer, särskilt den äldsta som alltid hållit sig nära stora djur.

De rekommenderade tio sommarlovsböckerna räckte aldrig till, och inte heller biblioteksgränsen på trettio böcker i taget var tillräcklig. Redan före midsommar måste hon köra barnen till staden för att byta ut det litterära beståndet – och vilka rigorösa titlar de valde! I vart fall den äldsta och övermodiga. Den yngre dottern var något mer måttfull och läste barn- och ungdomsböcker, som det anstår ett barn att göra.

Döttrarna gick alltid till överdrift. Lyckade skolresultat utgör förvisso ett självändamål, men att briljera är att förhäva sig. De svävade bland ostyriga sommarmoln och vägrade komma ner ens när det var tid för fika.

Satt med fingrarna djupt inkörda i öronen och tuggade mekaniskt, hukade över sina evinnerliga bokstäver.

På stranden var det samma sak: tystnad och enstaka hummanden. I värsta fall anteckningar i bokens marginaler. Den äldsta gick i vattnet bara för att genast komma upp igen. Till den yngre dög det åtminstone att ta med en uppblåsbar badring.

Sedan gick de ut skolan med högsta betyg i alla ämnen, reste iväg och kom aldrig tillbaka, åtminstone inte som hennes barn. De hade varit borta länge redan när de for och hon sörjde dem inte mera.

Hon gick runt i trädgården och kände på vinden som hade fått en intressant och nybliven form, där den kastade runt i gräset vilket aldrig blev klippt och åbäkade sig likt en annan tonårsflicka.

Natten har alltid varit en fiende med sina hånfulla anspelningar. Hon värjer sig mot den genom att sitta uppe sent fastän hon misstror både film och tv-serier. Popcornlukten ligger tung i huset men det är nästan aldrig någon där att dela den med.

Förr kom det blanka barnfötter halkande nedför

trappstegen så snart mikrovågsugnen började sjunga. Numera är det mycket fridfullt. Hon ser ut i tomma intet och äter sina popcorn, betraktar böckerna på bordet med lakonisk stabilitet i blicken. Imorgon ska hon ta med en självbiografi ut i solen. Kanske.

En period åt hon avokado och rostade mandlar, men produkterna fick hennes omfång att svälla ut till oanade proportioner. Nu äter hon popcorn och tänker fortsätta med det tills hon är en död kropp under jorden. Hon dricker inte – det gör man inte i Småland.

När skålen är tom ska den ställas i diskmaskinen, och där finns de trygga köksytorna och skåpsluckorna med sina pålitliga fläckar som alltid måste angripas. Hon gnuggar intill dess att tröttheten blivit tillräckligt stor; först då vågar hon sig i närheten av sängens hotfulla dunkel. Tabletten är en ledsagare men ingen verklig vän. Det är nästan aldrig någon som ligger där och snarkar och stör eftersom han åker innan hon gått till sängs. Ett mångårigt arrangemang som passar alla inblandade parter, men hon behåller öronpropparna av rädsla för vad som finns att höra i mörka hus om natten. Vill inte riskera att ta tomheten på bar gärning.

Det är om henne jag talar och ändå tiger jag om allting,
eftersom jag ingenting vet. Hon har valt att hålla sig
hemlig och gå utom tiden i en trädgård som aldrig
blivit ett hem. Hennes tystnad är ett arv i mig; talar jag
är det lögnens språkbruk som gör sig gällande. Det är
fortfarande så.

Hon är ett magnetiskt fält kring vilket jag
uppehåller mig. I livet, menar jag. Alla handlingar
utgår ifrån henne och ändå är hon mig fullkomligt
främmande. En oroväckande molnbank vid horisonten
som snart briserar i andra sorters väderlekar.

Hon har aldrig haft någon lust att studera eftersom hon
antog sig vara oförmögen. Hade anmärkningsvärt lågt
betyg i engelska – fastän hennes storasyster
kompenserade fulhet med tillkämpad intelligens och
borde kunnat hjälpa – men med långt ljust hår och
tunna armar var det alltid möjligt att låta sig skjutsas
genom den tigande småstaden i olika bilar nattetid för
att oroa föräldrarna på ett socialt accepterat sätt.

Hennes största last var reklamationer. Det: att hon
alltid ångrade sig. Kom tillbaka med klädesplaggen och

ville ha andra, tvekade i timtal framför butiksspeglar och hemma. Visste inte att valet blev svårt för att allting passade. En anonym angivare anmälde henne till lokaltidningens luciaomröstning men hon avböjde medverkan eftersom sådant var till för söta flickor. Dessutom kunde hon inte sjunga en ton, eller hade aldrig provat.

På helgerna stod hon i sminkdisken och lärde sig tala med ord hon aldrig använt förut, vägde puderdosor i handen och provade ögonskuggor i skydd av den allmänna kommersen. Här var hon inte fullt ut småländsk utan nästan världsvan när hon skred över golvet till andra avdelningar för att fråga efter växelmynt. Hon kände blickarna i ryggen utan att förstå.

Lärde sig måla ett motiv rakt över de beniga kinderna, rosor och röda skymningar. Svarta stråk att mota bort den värsta ledan med. En mask värdig en livstid. Döttrarna har fortfarande inte sett henne utan den; ingen får se att tiden gått.

På fotografierna ifrån den första förlossningen lyser ögonskuggan lika vit som kläderna på sjukhusets robusta kvinnor och skräcken i hennes inramade gröna urtidsfält. Maken liknade henne vid en ko eftersom det var sådana födslovåndor han var bekant med.

Hon ser fortfarande likadan ut, förutom vissa särskilt besvärliga somrar. Även på helgerna stiger hon upp tidigt för att applicera en identitet utanpå de formlösa anletsdragen, vars inbyggda uttryckslöshet tyckts öka med tiden.

Hennes äldsta dotter brukade stå och skrika vid badrumsdörren att hon aldrig tänkte börja använda smink, men hon var ett överdrivet och otacksamt barn som inte kunde hålla isär saker och ting.

Män fanns och dem kunde man hålla i när mörkret föll över kvarterets villaträdgårdar. Bilarna stod parkerade på grusgången som knastrade vällustigt i vårregnen medan åren tilltog.

En dag var hon utbildad förskollärare utan att någon förstod hur det gått till. Hon tyckte om barn eftersom man gör det i Småland, särskilt om man är kvinna med ljusa lockar, långa ben och nya kläder.

Andras barn kan vara vilka som helst utan bestämda ansikten, men en dotter är en enda plåga stigen rakt ut ur hjärtat för att lura och bedra.

Hon tyckte om barn ända tills hon inte gjorde det längre, fast de flesta gick att fördra och förresten tänkte hon inte riva upp himmel och jord genom att byta yrke, det var bara sådana ungar som hade ovanan att bo i hennes hus som var svåra att mäkta med. Deras föremål och vänner, hästluktande kläder i hallen och underliga intressen, att spela piano – vilket var det enda den äldsta dottern någonsin verkligen misslyckades med. Vilken lättnad! Då gick det leva med att avkommans röst var sträv och skör som en raspig jazzsångerskas karaktärslösa synder; flickan var dyslektisk inför notapparater.

Sedan började ungen förvisso att skriva krönikor i tidningen, vilket först kittlade moderns fåfänga över att ha framfött en sådan begåvning, men snart växte till en misstroendeförklaring; vem trodde dottern sig vara?

Hon (som jag fortfarande inte vet någonting om) måste genast börja gå runt och oroa sig på ett mycket tidskrävande sätt som förhalade nattsömnen ytterligare,

för vad folk skulle säga och hur det skulle gå med
allting, och vissa andra tankar vilka hon helst inte ville
kännas vid, om tiden som redan runnit undan och val
utan reklamationsmöjlighet. Det var den hösten
persiennerna verkligen kom till användning. Men
allting går över.

Hon förtöjde sig i flera år, tills den där underbara
olyckliga sommaren då det ständigt blåste och dammet
yrde kring ytterdörren. Hon kunde inte förmå sig att
öppna den, satt och stirrade på fönsterrutorna från
insidan och såg att de var smutsiga, utan att vilja göra
någonting åt det. Hon njöt av att vara orolig men inte
veta varför, oregerlig som vinden vilken ruskade
hårdhänt i trädkronorna utanför – tillvaron saknade
samröre med verkligheten.

Sonen kom in med oljefläckade jeans utan att
fråga någonting. Döttrarna hade förstås kommit ihåg
och räknat ut om de varit närvarande, men de var lika
försvunna som alltid och det var skönt att ha det på det
viset, tomt och förfärligt och alldeles ödesdigert. Hon
lät grönsakslandet förgås under tyngden av sju sorters

ogräs och höll popcornskålen mycket nära kroppen om
kvällarna – för övrigt den enda måltid hon intog. När
sömnen vände bort blicken i flera veckor tog hon det
som en förevändning för att fortsätta vara tyst. Ringde
inte till vårdcentralen fastän hon lovat.

För sådana somrar måste man betala ett pris som
kommer om hösten med viktuppgång och ständig
trötthet. *Anemi*, sade läkaren och skrev ut flera olika
recept vilka byttes mot släta vita ovaler som snart
samsades i badrumsskåpet tillsammans med övriga
medikament, fastän alla vet att sådan blekhet inte
kommer sig av blodbrist. Men man säger så i Småland.

Bortom hennes tystnad ligger skogen och ruvar i vinden
men jag vet ingenting om det; ett barn känner bara till
sin mors laster, aldrig hennes fantastiska synder.

Anvisningar

Scenen ska vara:

Sommarfönster

Klirr av porslin (genom fönstret)

En fladdrande gardin

Gårdsplan (några lekande barn, om det är möjligt att

ordna)

Svag pianomusik som ibland avbryts

Ansatsen är klichéartad och det gör mig ont, men
eftersom drömmen varit densamma sedan jag var barn
går scenografin inte att ändra på. Dessutom är mina
beskrivningar inte särskilt detaljerade, så scenografen
kan förhoppningsvis lyfta det sammantagna intrycket
upp ur katastrofens landskap och föra scenbilden till en
i vart fall medelmåttig nivå.

När alla detaljer är i ordning kan vi starta
skådespelet. Släpp in publiken. De ska komma i
grupper, vissa två och två, någon ensamlöpare här och
var. Och så våra kontraktsanställda, obemärkt
insmugglade bland övriga åskådare. De ska se ut som

dem, föra sig som dem. Ingen får ana oråd, avslöja planen.

Pjäsen handlar om en mor och ett barn. Barnet har aldrig blivit fött. Modern dukar för lunch: sill, potatis, gräddfil. Det är viktigt att det står en skål med klippt gräslök på bordet, den ska snart få sin förklaring.

Plötsligt ringer det på dörren. Eller slår väggklockan, jag har inte säkert bestämt vilket ännu. I vart fall måste modern avbryta dukningen, släppa vad hon har för händer. En plötslig vision kommer över henne. Denna kan speglas med hjälp av solljuset som faller på väggen bakom henne, under den broderade bården med marint motiv. Modern drar häftigt efter andan, sjunker samman och lägger sig ned bredvid bordet. Hon förblir i den positionen under resterande del utav pjäsen (motsvarande ungefär två och en halv timme).

Nu följer vi henne in i drömbilden/visionen. Det är fullmåne, natt, en urgammal skuta går över havet. Hon har blivit sin egen far, mustascherna är fulla av salt. Han sjunger en sång om saknaden av sin älskade i

Buenos Aires, den kärlek han aldrig tilläts avslöja för någon. Tonerna blandas med vågornas upprörda gurglande, skeppet knarrar och vinden viner längs däck. Mannen är mycket olycklig, vansinnig, han är utom sig av saknad och längtan. Han vill inte återvända till hemstaden, till de kvävande fönstren med sina fladdrande gardiner som tycks snärja sig kring hans strupe var gång han vandrar gatorna där. Han tar tag i relingen och häver sig över, men publiken får aldrig reda på om han drunknar eller inte.

Här skulle det vara bra med ett oväntat avbrott. Jag föreställer mig något slags stort föremål som kommer in på scen från vänster; har vi budget nog till en trojansk häst? Den bör vara av gigantiska mått. Paula skulle kunna framföra den, hon är både tekniskt begåvad och spirituellt öppen.

Därefter är det paus, publiken dricker Campari i teaterbaren. Jag tar igen mig bakom scen, ni andra arbetar febrilt för att förbereda andra akten (av sammanlagt fem). Scenen behöver inte ändras, den står orörd. Modern kvar invid bordet.

Ridå upp! Mannen på första raden är behagligt
berusad efter sina två glas i pausen, han för handen
över det röda sammetstyget på sin älskarinnas klänning.
Hon är uppslukad av pjäsen och vill inte veta av hans
händer, men faktum är att under andra akten kommer
hon i princip inte att se något alls av skådespelet.
Senare på kvällen går de till en välkänd inrättning för
att äta middag tillsammans, det är då hon säger till
honom att det är över. Deras berättelse tar slut.

Vad han inte vet är att hon är en av våra
kontraktsanställda. Så väl ska vi infiltrera dem
(förberedelserna måste naturligtvis börja månader i
förväg, och kommer av logiska skäl att bli mycket
kostsamma).

I akt två kommer det ofödda barnet till sin mor. Han
stryker hennes hår, rör vid kinderna, låter sina tårar
droppa över hela hennes (förstelnade) ansikte. Barnet är
otröstligt. Han griper en kniv från dukningen och
karvar sitt namn i bordsskivan (jag tror det är enklast
om det inte finns någon duk på bordet, även om det

kunde bli effektfullt att låta honom dra undan duken
och på så vis blotta de ådror av trä som finns därunder
– symboliken med kniven och blodet måste
framkomma tydligt).

Om barnskådespelaren: han bör vara på sin höjd åtta
år, men helst mycket yngre.

När barnet avslöjat sitt namn grips hela publiken av
fasa. Våra kontraktsanställda gråter, så som barnet
förut grät. Nu tar var och en av dem fram egna knivar
ur innerfickan och ristar gravallvarligt sina namn på
respektive stolsrygg framför. Om panik utbryter utryms
lokalen och föreställningen är över, men jag utgår ifrån
att vi kan lugna dem. Hög instrumentalmusik spelas;
dramatisk till att börja med, sedan avtagande för att
mana till sans och eftertanke. Till slut uppstår ett
närmast meditativt tillstånd i salen. Rökelsedoft sänds
ut via fläktsystemet och lägger en tung slöja över hela
publiken. Marcus går på scen och utlyser femton
minuter av vila. Sedan total tystnad.

Därefter tar akt tre vid (notera att vi alltså *inte* tömmer lokalen mellan akt två och tre). Under vilan har en yttre ridå sänkts, denna återger en gatubild från Buenos Aires. Akten spelas på yttersta scenkanten, där faderns åldrade älskare sitter och dinglar med benen. Han röker pipa, håret är i oreda. Han sjunger en sång riktad till poeterna. Han vill veta hur han ska beskriva en båt, utan att bli sentimental. Plötsligt avbryter han sig. Tystnar för evigt. Han kan inte mäta sig med de nya influenserna inom poesin, och är smärtsamt medveten om det. De hjälplösa ögonen söker stöd hos publiken, men finner ingen värme, ingen kärlek. Ingenting av det han behöver.

Här har jag en radikal idé, som jag vet att många kommer att vända sig emot. Jag skulle vilja att mannen reser sig från kanten, går bakom scen och genom personaldörren tar sig ut på gatan. Där väntar en bil. Han stiger in (kameran följer honom fortfarande, filmen projiceras på den ridå som tidigare visade Buenos Aires gatubild). Bilen för honom till hamnen, där han kliver ur och ställer sig med ryggen mot

kameran, ser ut över vattnet. Det är fullmåne. Han tar
upp en pistol ur innerfickan och skjuter sig själv.
Kroppen bör om möjligt falla över kanten och
uppslukas av vattnet (men jag inser att det är svårt att
styra en kropp i dödsögonblicket). Detta förutsätter att
vi kan finna en ny skådespelare till varje föreställning.
Utöver att ha det rätta utseendet för rollen måste han
vara sångkunnig, helst spansktalande och dessutom
villig att ta sitt liv inför kameran. Jag har ännu inte fått
någon slutgiltig rapport kring hur den juridiska
situationen ser ut, men vi ska oavsett rättsläget erbjuda
skälig ersättning till de efterlevande. Enligt min mening
skulle arrangemanget lyfta pjäsen till en helt ny nivå.

När mannen har dött är publiken naturligtvis
obekväm, osäkerhet råder kring huruvida scenen som
just utspelade sig var på riktigt eller ej. Det är då våra
kontraktsanställda brister ut i skratt. De skrattar så att
de inte får luft, vrider sig verkligen i kramper, glider
ned på golvet, vrålar ut sina salvor. Efter en viss tid går
Marcus återigen upp på scen, ber om ursäkt för
uppståndelsen (han bör vara mycket fnittrig, men
försöka bemästra det vilda leendet) och förklarar att vi

nu bjuder på fikon och pistagenötter i foajén. När
publiken kommer ut möts de dessutom av vin,
vegetariska empanadas, burleskdansöser och en stor
uppsättning fågelburar med papegojor i. Påtaglig
feststämning.

Inför den fjärde akten hissas den yttre ridån upp igen,
och vi återgår till köket med modern och det numera
förstelnade barnet, som fortfarande sitter med kniven i
handen. Ytterdörren rycks upp (detta får mig att tänka
att det kanske ändå vore bäst om dörrklockan snarare
än väggklockan ringer i första akten – det skulle
förklara personens ankomst) (men å andra sidan – om
personen tar sig in med egen nyckel, varför då ringa på
dörren?) (dörren var olåst), och barnets far äntrar
scenen. Han har inte varit hemma på åratal, och visste
aldrig om barnet (som aldrig föddes). När han nu ser
den kvinna han en gång älskat, livlös i en förvriden pose
på golvet, och det förstelnade barnet med kniven grips
han av fasa och vrede. Han rusar fram till barnet och
tar tag om axlarna, ruskar. Då går barnet i tusen bitar,
krasar samman under faderns händer. Vi har nämligen

bytt ut barnskådespelaren mot en mycket naturtrogen porslinsdocka, endast täckt med ett tunt lager av vax. Porslinet ska vara sönderslaget, men bristfälligt sammanpusslat igen, så att dockan går sönder vid minsta beröring.

Återigen, jag vet att det hela blir komplicerat. Men jag har fått intrycket av att vår budget mycket väl kan täcka sådana arrangemang, när det rör sig om en produktion av den här digniteten.

Fadern är utom sig av rädsla. Han kysser den övergivna kvinnan, som han lämnade för så längesedan. När han lugnat sig (denna process kan tillåtas bli utdragen, jag beräknar åtminstone tio minuter i tidsåtgång) tar han skålen med gräslök från bordet och matar försiktigt den sovande kvinnan. Vänd mot publiken sjunger han poeternas sång, samma sång de redan hört sjungas av den gamle mannen. De inser att han verkligen är densamme som den gamle mannen – far och dotter har delat älskare. Därför måste alla skiljas åt, skingras likt höstlöv för vinden, därav all denna tragedi och död.

Ljuset i hela salen släcks. De kontraktsanställda utstöter höga klagorop. En lukt av mättad fukt, som från en gammal instängd sommarstuga sprids över publikhavet.

Paula kommer in med den trojanska hästen igen (eller vilket föremål det nu blir). En svag lampa riktad mot vänster scenkant. Paula sjunger också sången, med sin spröda, raspiga stämma. Vinden från havet hörs, tillåts att dåna. Alla ljud blandas, publikhavet blandas. De kontraktsanställda smeker åskådarnas kinder, öron, pannor; i mörkret ser ingen vems händer som gör vad.

Sedan paus. Det tar för lång tid att tömma salen igen, så vi tänder helt enkelt upp lokalen, kanske delar ut lite chips eller liknande (någon form av ovärdigt mellanmål, flingor). Vi kan ha cancan-dansöser som pausunderhållning.

Stämningen är uppskruvad, obehaglig. Då och då ett uppsluppet skratt från en kontraktsanställd. Alltför hest och skränigt för att vara naturligt.

Alla bävar, utan att veta varför.

Nu kommer den avgörande akten. Scenen är så som i
början:

Sommarfönster
Klirr av porslin (genom fönstret)
En fladdrande gardin
Gårdsplan (några lekande barn, om det är möjligt att
ordna)
Svag pianomusik som ibland avbryts

Modern dukar återigen bordet, barnet leker på golvet.
Hon klipper noggrant gräslöken över porslinsskålen,
men när hon lyfter skålen går den i tusen bitar. Modern
låter sig inte bekomma, utan borstar obekymrat upp
skärvorna och placerar gräslöken direkt på bordsskivan
istället (eller på duken, om vi nu använder oss av en
sådan). Plötsligt ringer det på dörren. Eller slår
väggklockan, jag har inte säkert bestämt vilket ännu. I
vart fall måste modern avbryta dukningen, släppa vad
hon har för händer. Då spärras hennes ögon upp, hon
vänder sig mot publiken och säger till dem:

"Jag visste vilka ni var redan innan i föddes, i
samma form har vi stöpts, levat och dött. Ja, ni är redan
nu döda, liksom jag har varit det sedan länge. Jag ber
om ursäkt för uppträdet här i kväll, jag får så tråkigt
ibland. Döden är inte längre vad den utger sig för att
vara. Gå nu i frid. Jag har lunch här att äta, ett barn att
fostra, kärleken finns kvar att sakna. Allt är gott."

Därefter kommer den trojanska hästen in, glad
orkestermusik spelas, tomtebloss tänds på första och
andra balkong, konfetti regnar över publiken, en stark
doft av citrus strömmar ur fläktsystemet.

På den sista föreställningen för säsongen kommer
jag ut på scenen, tar fram en pistol ur innerfickan och
skjuter mig själv. Kroppen bör om möjligt falla över
kanten och uppslukas av publiken (men jag inser att det
är svårt att styra ens sin egen kropp i dödsögonblicket).

Ridå.

Vårdrömmar

Den våren var jag återigen mycket sömnig. Det hade hänt förut och det hände igen: detta, att kroppen växte ifrån och blev olik sig själv. Jag gick runt inuti en påse mjöl och förgiftade mig, oformlig och förtvivlad.

Vinterns omöjliga energi hade övergivit min kropp och ersatts av ett mjukt skal att skämmas över. I min säng sov ofta en man som vi för tillfället kan kalla älskare. Han bearbetade min hud nätterna igenom och jag grät av besvikelse över att inte förmå njuta av behandlingen. Inte då, och aldrig.

Årstiden ville inte ta fart utan hade hakat upp sig i ett ingenmansland där snön varken föll eller smälte och solen endast gjorde tafatta gästspel på förmiddagshimlarna ovanför kvarterets tegelpannor. Jag gick runt i ärvda skor och svor över kylan, strödde cigarettfimpar i symboliska mönster. På lekplatsen var sanden alltid frusen men mitt barn skrek av ilska så snart jag försökte trä på henne vantarna, och älskaren påstod att hans händer ville vara fria. Det var de; han hade aldrig levt i ett monogamt förhållande. Själv hade jag aldrig levt i något förhållande överhuvudtaget, bara precis invid. I samma säng och vid samma frukostbord, men aldrig fullt inkluderad, upplåten eller omsluten av kärlekens praktik. Jag kan inte glömma mig själv.

Om barnet inte störde oss sov vi mycket länge, väntade sömndrucket omslingrade in lunchtimmen och betraktade frånvaron av soldis i rummet. Lägenheten på nedersta våningen var sänkt i ständigt halvdunkel.

Sedan drack vi metodiskt vårt kaffe enligt en noggrant inövad ritual; medan jag duschade satte han mokabryggaren på spisen och rörde med bestämda rörelser sitt medhavda brasilianska socker poröst i en liten skål. Därefter inväntade han att bryggaren skulle ejakulera kaffe, varefter han fördelade drycken i två koppar, rev lime-skal över och till sist blandade ner sockersmeten. Ibland kunde smaksättningen baseras på chili eller kanel, men oftast var det färsk lime. Jag satte mig vid bordet och ville varje gång protestera mot sockrets förekomst i mitt liv eftersom jag kände att jag höll på att förlora mig fullständigt, men teg.

Mannen framför mig var smal som en vårvind,

omöjlig. Människor blev rädda när de såg honom. Han rökte ofta i hållplatskurerna och hade behövt dubbla portioner socker, men det var inte kalorierna i sig som utgjorde en risk för mig utan den enorma lust sötman väckte. På det humöret kunde jag äta vad som helst, i skydd av natten. Alltid i skydd av natten.

Perioden påminde mig redan när jag genomlevde den om en helt annan vår, då jag vistats i Berlin i sällskap av svulstigt bohemiska drömmar men sovit bort dagarna och intagit hela grytor fyllda av pasta med smör och ketchup i sängen. Förvisso lyckades jag i Berlin låna inspelningsutrustning att dokumentera vissa diktfragment med, och åstadkom ett knastrigt och därmed hoppingivande resultat med min sömndruckna röst som varsamt sökte sig fram över bolstren, men majoriteten av min tillvaro utgjordes av passivitetens förstelning.

Jag sov bort dagar i sträck med fönstren öppna mot vinterns sista snöstormar och vårens första regn. Tröttheten hade kommit obemärkt och belägrat mig. Jag var inte redo. Det finns en sorts sömn utan slut som låter bäraren vandra runt med obrukbara ögon. Man dricker kaffe på olika platser och försöker upprätthålla konversationer men allt det verkliga i tillvaron utgörs av kuddar, täcken, påslakan och örngott. Inuti drömmen ser man sig själv glida allt längre bort – och sådan var min sömn under våren i Berlin och sedan den här andra våren också, om vilken jag egentligen försöker berätta.

Det måste alltid finnas älskare i min säng eftersom jag vant mig vid att ha det så. När de är där finner jag deras närvaro störande och vill att de ska försvinna. Männens förväntningar rubbar min tillvaro men jag ber dem stanna som ett skydd mot vad jag annars skulle ta mig till. Jag gör vadsomhelst. Det vill säga: jag gör ingenting. Låter dagarna förflyta medan jag sover och äter. Vissa perioder är det allt.

Instinkten säger att jag kommer vakna igen eftersom så alltid skett förut, men under tiden tröttheten pågår känns det som att den aldrig någonsin kan gå över – inte ens om våren verkligen skulle komma. Därför kryper jag ihop invid en utbytbar manskropp och låter natten ha sin gång. Jag vet inte på

vilket sätt timmarna rör sig. Är rädd för att stirra
håglöst på rörliga bilder tills hjärnan blir dallrande våt.

Eftersom jag redan upplevt samma vår – om än i en
annan stad – skrämde inte orkeslösheten mig lika
mycket som den borde ha gjort. Jag accepterade hur
dagarna rann mig ur händerna, oförmågan att kliva ur
sängen, att jag inte gav mitt barn ordentlig mat. Istället
placerade jag strategiskt ut skuren frukt och
vällingflaskan på golvet och hoppades att hungern själv
skulle finna vägen.

Ofta stod barnet vid sängkanten och borrade in
sina vassa små fingrar i mitt ansikte, sedan hämtade
hon kläder och min mobiltelefon. Skrek utan ord för att
väcka mig. Jag lade en kudde över örat och somnade
om, tänkte att så länge hon inte dog.

När jag och barnet befann oss i köket var striden
konstant. Hon klättrade på stolar och jag lät henne
falla, mutade med kakor oavsett tid på dygnet för att
vinna ett ögonblicks lugn. Smulade havreflarn in i den
glupande munnen, sjönk ner på golvet och grät i mina
söndertrasade händer. Runt oss låg kiwiskal och mosad

banan, rester från tusentals mellanmål. Jag vet fortfarande inte vad man gör med barn annat än att servera mat, tvätta kropparna och tvinga dem att sova. Leka orkar jag inte. Så har det nästan alltid varit, och under den våren blev min energibrist avgörande; jag tillbringade hela veckor med att be min dotter överge mig, om så bara för en liten stund. Hon kunde inte sova. Jag kunde ingenting annat än att sova. Och vår tillvaro: en fortgående friktion.

Det är mödrarna som måste skriva sina barns sånger efter att fäderna försvunnit. Den våren hade jag redan sålt mitt piano och låtit musiken tystna.

Ibland lyssnade vi på radion tillsammans, jag och mitt barn. Då dansade hon förhoppningsfullt till programmens inledande och avslutande jinglar men drabbades av en obotlig ensamhet så snart musiken avslutades till förmån för vuxnas debattklimat. Jag såg på henne med kärlek utan att resa mig upp.

Mannen med de fria händerna fraktade runt en ukulele som han ämnade komponera vaggvisor på. Jag förstod aldrig om det var mig eller barnet han tänkte

söva. Kanske båda två. Det var i min säng han sov
fastän vi ofta låg där alla tre, staplade som böcker
utefter varandras pärmar. Barnets far hade inte tyckt
om sådana vanor ifall han känt till dem, men han levde
i lycklig ovetskap på andra sidan av en stor tidvattenvåg
som utgjordes av torg och gator. Ibland såg jag hans
ansikte forsa förbi utanför kollektivtrafikens tonade
rutor och då höll jag andan och vinkade men han såg
rakt igenom mig.

Således fortsatte jag låtsas att vårens frånvaro hade
logiska orsaker, tvättade håret och borstade det som om
ingenting hänt, väntade på någonting utan att veta vad;
inte en händelse för sådana hade jag samlat på hög,
utan snarare ett avgörande. Det finns sammanbrott
som inte gör väsen av sig.

Jag överväger att kalla sömnen i Berlin för *den initiala
sömnen*, och den andra vårens sömn för *den slutgiltiga
sömnen*. Det är ett förslag. I så fall finns det också en
initial och en slutgiltig vår, vilka förhåller sig som
motpoler till varandra och mäter ut ett utrymme
emellan, inom vilket det rymdes ett liv.

Varje förmiddag betraktade jag en grannes passage utanför köksfönstret. Jag såg honom också om eftermiddagarna och kvällarna, vilket fick mig att undra vad han höll på med och varför han måste gå där så ofta. Antagligen sålde han illegala substanser. Sedan funderade jag på vad grannarna tänkte om mig.

Jag hade flyttat in mitt i natten med solbrännan ännu intakt, tiotalet plastkassar knutna kring barnvagnens handtag, lutande flyttlådor och barnstolen staplad ovanpå. Barnets sovande andetag varsamt paketerade i en bärsele på ryggen. Ingen jacka, eftersom min väska kommit bort på flyget.

Senare samma natt anlände min älskare. Han stod vid porten och rökte utan handskar, trots att det var minusgrader. Jag trodde fortfarande att han skulle bo med mig då, innan jag insett att alla män i mitt liv är förgängliga eftersom jag alltid rör mig mot ett emotionellt tomrum där endast socker och kompakt sömn återstår. Min passivitet är den enda hållfasta rutinen under en kaotisk himmel.

Snart skulle jag lära mig att begränsa dessa förfrusna händers förekomst i mitt liv till vissa utvalda dagar och nätter, men den allra första veckan i det nya hemmet kantades av en maniskt iscensatt åtrå som fann sitt utlopp inför öppen ridå invid köksbänkens lysrörsbelysning.

Jag undrade om grannen passerat även då. Om han sett oss.

Barnets far publicerade under vårvintern en till synes välavvägd skrift om delfiner i en avantgardistisk tidskrift, men jag lät mig inte duperas utan förstod omedelbart att varje ord egentligen utgjordes av oss, även om han såklart missförstått allting. Det är lätt att tro att delfinerna är översexuella varelser bara för att de byter partner flera gånger om året, men handlingar säger sällan någonting om den underliggande önskans sanna karaktär.

Kanske vet delfinerna inte vad de annars ska ta sig till, omslutna av det gigantiska havet. De äter och sover.

Till avslutning hade barnets far infogat en mening som var en direkt hälsning till mig: *Det avtagande solskenet balanserade på hustaken samtidigt som klockorna slog.*

Jag fann det förmätet av honom att uttrycka sig så,

eftersom formuleringen utgjorde en kolonisation av vårt gemensamma drömlandskap. Dessutom hade klocktornet mycket lite med delfiner att göra, och dess förekomst i skriften kändes därmed forcerad. Han har alltid haft ett gränsöverskridande sätt att skriva på som jag både föraktar och avundas.

Noterade i mitt anteckningsblock att jag måste övertyga barnet om moderns överlägsenhet och faderns brister innan han hunnit fördärva henne, men under hela våren fortsatte hon att vara för ung.

Barn har ett mycket irriterande sätt att förhålla sig till kronologi på; de växer enligt ett förhandsgivet schema alldeles utan fantasi. Hon var precis som alla andra. Jag kommer aldrig förlåta henne för att hon lärde sig gå innan hon kunde tala, rita innan hon kunde skriva, klättra innan hon kunde läsa.

Hennes förhållande till språket är avskräckande.

Inuti denna stora sömn irrade jag alltså runt och öppnade ibland dörren för älskarens nikotinmarinerade händer. Han var mycket förstående, mycket tillfällig. Saknade giltigt visum. Jag fick dåligt samvete när jag slog mitt barn men såg det inte som ett skäl för att sluta. Det var fortfarande kallt utomhus.

Varje vår är en årstid av sitt eget slag men i utrymmet mellan vinter och vår finns egentligen ingenting annat att göra än att avvakta, så jag levde ett sorts liv i väntan på ett annat, tog för givet att den förestående temperaturförskjutningen skulle komma till undsättning. Den torra huden på mina händer föll av i flagor men jag köpte ingen kräm eftersom jag hoppades att vårens ankomst skulle bota alla fysiska brister, och slutade dessutom besöka yogastudion efter att ha upptäckt att det var den enda platsen mina tårar trängde igenom på.

Det är enklare att sova än att gråta, mer rekreerande. Ibland väntar vi ut sorgen för att orka leva.

Jag hittade kläder i soprummet att stegvis ersätta mina gamla med. Ville inte minnas vem jag varit under vintern, och förresten passade *hennes* kläder inte mig. Min kropp hade slutat vara esoterisk. Det var inte ett val, men en nödvändighet. Jag drömde om att åka till

Korsika eller Lissabon. Varje dag kändes som att frysa
ihjäl. Det var bara min älskare och barnet som vägrade
vantar, själv använde jag dubbla par. Tappade hela
tiden bort dem men köpte nya.

Våren var sällsam på det sättet: den upprepade sig.
Den var redan i sina grundförutsättningar en
upprepning av en annan vår, och ändå vågade den
fortsätta upprepa sig. Varje vecka var densamma men
jag hann aldrig med mina planerade åtaganden, vilket
kändes absurt eftersom det är ett i högsta grad alldagligt
problem. Jag föreställer mig att vanliga människor
också klagar över sådant, men sedan söker de sig fram
till varandra i mörkret på missilers vis och finner
lättnad. Inte jag, aldrig, jag gör bara sådant som
föreslås i regelböckerna; vad det än står gör jag
tvärtom. Men det fungerar inte.

Mannen i min säng flöt samman med och blev en
av alla andra. Jag mindes vilka hudar jag anförtrott min
tillvaro åt i Berlin, erinrade mig en nästan lika mager
älskare från Tel Aviv med bläckblå blick och
hårresande kvinnosyn. Det spelade ingen roll, det var

inte kvinnosynen jag kysste, och för övrigt upplät jag nästan ingenting av mig själv. Jag var inte där men han uppskattade mitt mjuka skal så mycket att han inte noterade frånvaron. Så är det alltid.

Det finns inga män utan ögon och inte ens barnen duger till att skyla över kroppsformen med.

På torsdagarna stod barnets far vid porten och rökte inte. Han knackade ilsket på rutan och överlämnade små välförpackade presenter vilka jag genast slängde. Barnet var överallt, inomhus och utomhus, kände redan staden bättre än jag någonsin kommer att göra eftersom hon inte var rädd för dess invånare. Hon oroade sig bara för mina spruckna händers fysiska närvaro. Våren stod och stampade. Det kunde vara vilken veckodag som helst, jag hade ändå tid att sova. Ingen ringde till mig.

Som jag minns det varade den där våren nästan för evigt, fastän jag vet att våren enligt kronologins heliga grundsatser är densamma varje år (var och en förstår att det inte kan vara sant). Tiden är sig aldrig lik, förutom ibland när märkliga misstag görs och kartan ritas om utifrån till synes slumpmässiga kollisioner. Därför sammanföll sömnens vår med den tidigare utmattningen i Berlin, och jag själv slungades mellan mina tidsåldrar likt ett viljelöst kolli. Den initiala sömnen blev slutgiltig.

Fragmenten sveper in och vägrar erkänna den ständiga mentala förkylningen vilken jag hittills försökt återge. Istället viskar de om fimpar i rabatten och en viss sorts sånger vilka spelades innan pianot lades ut för försäljning. Om berättelsen konstruerades utifrån dessa fragment skulle jag kunna teckna konturerna av en helt annan vår, då stegen rörde sig mycket fort över trottoarer och munnen alltid smakade tuggummi, rök och kaffe medan kyrkklockorna än en gång slog för att ringa in en ny kärlek i vårkvällarnas första balanserande ljus, men eftersom jag betraktar historien utifrån fågelns påtvingat tillrättalagda narrativ, *sedan utfallet redan blivit känt*, säger jag att våren utgjordes av sömn – och då blir det sant att det förhöll sig precis så.

Jag låg under lakanen och såg på våren som dröjde medan regnet varken föll eller sjönk och ingenting riktigt började men heller inte slutade.

Sommarliv

Alla mödrar har någon gång varit människor. Jag säger *alla*, eftersom jag inte vet vad jag talar om. Den kunskap vi saknar måste mörkas med ord, på samma sätt som himlen täcks av träd precis före horisonten. Du ser inte på mig där du sitter på passagerarsätet, låter bara landskapet virvla förbi. Utsikten angår dig inte. Din tystnad är kompaktare än sommarvärmen, än mer stillastående och obeveklig där du pressar dina runda jeanslår mot textilen och inte svarar på mina frågor vilka istället blir hängande i illavarslande moln just under takluckans smala öppning. Du har solglasögonen uppkörda i håret och svettig blick, den rinner ut i kanterna. Där fokus borde funnits sitter istället en stor rund pupill som ointresserat betraktar nagelbandens nedslitna karaktär och det avskavda lackets barskt djupgrå nyans. Dina händer kunde tillhört vem som helst, utom dig. De matchar illa med de släta kinderna – konstruerade med samma tama perfektion som köksöar – och skär sig mot dina slanka armar samt det blanka hårets stillsamma dans. Dina händer är det enda

vittnet som vågar berätta att du är en människa, som vi.
Och kanske är det vårt eget fel att det blivit på det
sättet, vårt sätt att från början placera dig högst upp i
Babels torn snarare än på en vanlig piedestal. När
andra föräldrar tillbad sin avkomma dyrkade vi bortom
alla regler. En regelrätt passion utspelad mellan tre
aktörer. Du hamnade på en plats utanför språket där
det är mycket ensamt att vistas. Nu kör jag dig hem,
men du talar inte.

Du tror mig naturligtvis inte – ord saknar dignitet för
dig. Jag har bett om förlåtelse men om dina kläder är
en tonårings tighta tygskinn är ögonen ändå uråldriga.
Allvetande, på sättet de varit varje dag sedan du föddes.
Det var din blick som skrämde mig först, innan
någonting verkligen hade hänt. Jag känner till din ilska
och ger dig rätt att härbärgera den, trots att jag inte vet
hur den ska rymmas i din kropp. Du hittar ett sätt, har
alltid hittat nya metoder; den dag du får slut på idéer är
antagligen dagen då du dör. Eller jag. När du var
nyfödd brukade jag tänka att det var du som skulle sitta
vid min bädd om allting annat var försent och hålla

mina torra händer tills jag drog mitt tröttaste andetag,
men nu vet jag att det inte blir så. Din stolthet är större
än decennier. Du låter dig inte övertalas, håller
munnen sammanpressad i ett finmejslat stryptag på alla
tänkbara leenden. Dina tänder lever i en bunker.

Jag kommer aldrig glömma dagen då de ringde för att
meddela att du blivit antagen. Naturligtvis blev jag
stolt, men också rasande. Hur kunde du som var så
liten och aldrig hade ansträngt dig redan ligga långt
före mig? Jag förstod att du är precis som din pappa,
någon som väntar tillräckligt vårdslöst för att
belöningen ska komma utan att lämna spår. Du
tackade inte ens, svarade bara korrekt på alla frågor i
telefonen och försvann sedan ut på terrassen till dina
ständiga cigaretter och deckare. Ändå hade du blivit
antagen till den mest prestigefyllda utbildningen i
landet. *Hora*, viskade jag för mig själv medan jag gjorde
i ordning lemonaden åt dig. Aldrig har du visat
tacksamhet för de månader jag bar dig eller sett med
någonting annat än äckel på de urvattnade kroppsdelar
som fortfarande lider konsekvenser av din tillblivelse;

för dig var din plats i världen lika självklar som solens
oefterhärmliga effekt på dina alltför känsliga
överarmar. Det fanns ingenting att diskutera, du hade
tilldelats en roll och tänkte inte be om ursäkt för den.
När stipendiepengarna kom erbjöd du dig inte ens att
betala för en del av ditt uppehälle, trots att du visste hur
jag slet. Arrogansen i dina steg visste inga gränser och
egentligen beskyllde jag aldrig skolkamraterna för
någonting. Jag bara önskade att de gått lite mera
försiktigt fram, justerat sitt agerande efter rimliga
proportioner – men i sak förstod jag dem. Du har alltid
varit outhärdlig, sedan första gången jag såg dig. Det
barn som inte ens förmår väcka sin moders kärlek är
inget verkligt barn utan snarare en omständighet. Du
var min pålaga och jag har alltid villigt burit oket av
dig, men när du åkte utan att visa minsta tillgivenhet
brast mina förtöjningar.

Vad du inte vet när vi nu sitter i bilen, är att hemmet vi
återvänder till inte liknar det du lämnade bakom. Varje
minne av dig är utraderat. Du kommer tvingas leva
som en främling i din egen berättelse intill dess att

ödmjukhetens praktik gjort sitt intåg i dina övermodiga rörelser. Att du lärde dig krypa innan du kunde sitta var ingenting jag talade högt om under din uppväxt, liksom jag lät förtiga dina akrobatiska konster och låtsades blind inför det brådmogna rörelsemönstret. Kanske hoppades jag att din fysiska överlägsenhet skulle sjunka undan med tiden, eller beräknade att andra barn måste växa ikapp. Det hände aldrig; vid fjorton års ålder är du spänstigare än alla andra, snabbare och mera hårdför. Dina händer motsvarar murens enda spricka. Du kan inte dölja hudens rop på hjälp i form av rödspräckliga eksem. Även solen har sin skam. Jag genomlever en vild glädje varje gång du försöker dölja dem under bord eller tröjärmar, när ännu en salva visar sig verkningslös. Under hela ditt liv har jag varit övertygad om att du aldrig kommer bli av med eksemen och det verkar hittills som att jag ska få rätt.

Jag tänker aldrig mer på din pappas händer. De var naturligtvis mycket smala, men inte alls så bestämda som man kunnat vänta sig av en sådan man. Egentligen

bara vanliga händer fastän oändligt dyrbara, försäkrade
för miljonbelopp. Ändå dög de ingenting till. Att du
började växa i mig är ett underverk, om man nogsamt
undviker ordet *förbannelse*. Han brydde sig inte då, hade
alltid andra kontinenter i kalendern. Lovade att komma
hem så snart du fötts. I efterhand är det naturligtvis
enkelt att tänka att det varit bättre om han låtit bli och
istället hållit sig till sina partitur, men i den sällsamma
höst som följde på din födelse – då ljuset verkligen intog
fruktträdgården som ett smärtsamt glödande hinder
och klöv eftermiddagarna itu, smittade mig där jag stod
dold bakom gardinerna och spejade ut över landskapet
med dina tunna andetag tryckta mot bröstet – kunde
jag inte annat än att skriva till honom eftersom huset
ligger mycket tyst placerat vid slutet av allén, dit regnet
nästan aldrig hinner fram.

Det som drabbade honom vid mötet med dig var en
ögonblicklig och fullständigt hänsynslös kärlek, och då
var du ändå bara ett litet meningslöst knyte med
hungriga läppar och magbesvär. Hans tillstånd kom att
förvärras med tiden, men jag minns fortfarande en

skälvande september då jag trodde att vårt narrativ bar
på potentialen till ett – om än inte fullkomligt lyckligt –
i vart fall acceptabelt slut. Jag skyller på löven som
dalade förrädiskt hänsynsfullt utanför fönstren, på de
knotiga äppelträdens ryggrader och din pappas
dansande händer som försäkrade mig om att allting var
i sin ordning, övertygade sig själva om att sluta spela
och börja ägna sig åt dig på heltid. Hans gränslösa
tillbedjan rotade sig i kärlek medan min kropp
uppfylldes av fruktan inför dig. Jag fick snart svårt att
sova, drömde om odjur och bleka ansikten. Olika är
våra vägar in i saligheten. Han måste ha glömt att
inpränta det viktigaste av buden: *salig är den som aldrig
uppsöker guden om natten, aldrig tvingar sig på henne eller späder
sitt blod med egen säd.*

Du har precis slumrat till när vi bromsar in framför
bostadshuset. Jag väcker dig med en lätt kyss på kinden,
placerar mina drömmar ovanpå dina och ruskar. Vill
för ett ögonblick stoppa tidens ofrånkomliga framfart.
Du liknar det barn du aldrig varit med utsmetade
ansiktsdrag och omedveten uppsyn, värnlös där du

ligger tillbakalutad mot sommarens alla värmeböljor.
En grekisk gudinna som tappat masken, möjlig att älska
i en komprimerad sekund. Sedan slår du upp ögonen
och blir återigen till ett ointagligt fort, lika hård och
livlös som den stumma eftermiddagshettan utanför.
Dina sandalsteg lämnar inga spår i grusgången och jag
ler skadeglatt när jag tänker på hur du ska kliva in i
huset och förfäras, fråga efter fotografierna av dig, sörja
deckare och småblommiga klänningar. Jag har gått
noggrant tillväga men du vet fortfarande ingenting.
Sommaren står mycket stilla, likt mödrars hjärtan före
storm.

Frågan

Han håller emot innan frågan uttalas, och ändå säger
han orden. Låter dem falla rakt ut i eftermiddagsluften i
ett halvstädat kök där gårdagens kastruller ännu samsas
med morgonens kaffekoppar utan att orsaka total
oreda; han uttalar dem utan vare sig precision eller
riktning. Ord är bara ord, och ändå förmodas de
utgöra verktyg för att nå fram till varandra. Han frågar
för att han verkligen vill veta och det är mer än man
kan säga om upphovet till de flesta frågor som blir
ställda människor emellan. Att oroa sig för någon är
också att glömma sig själv för en liten stund. Han frågar
hjälplöst och undergivet i hopp om fakta. Han får inget
svar.

Det står tre kaffekoppar på diskbänken. I disklion
repiga tallrikar, smörkniv, osthyvel och små gröna
assietter nedsänkta i grumligt vatten. Blommönstrade
kanter under ytan. Tiden står stilla. Utanför har
fåglarna fortfarande inte återvänt och på måndagar är
det nästan ingen trafik. Brevbäraren går en stilla runda
mellan husen, utan att skynda på stegen. Frågor ställs

och besvaras i flera utav hemmen, men i detta kök
förblir tystnaden ointaglig. Generationernas ok blandar
sig med fettfläckar och insamlade pantburkar, den ena
pinnstolen behöver repareras, krukväxterna håller på
att vissna men skulle fortfarande kunna räddas genom
kärleksfull omvårdnad och riklig (men inte överdriven)
tillgång till vatten. Tidningarna ligger sorterade i stora
travar på golvet med biblioteksböckerna ovanpå. Så
mycket bokstäver.

Hon står lutad mot diskbänken och ser på honom.
Ur hennes ögon rinner inget ljus. Dagen tycks redan
avta utanför och hon suckar, en djup suck som tar plats
i hela bröstkorgen. Utöver det svarar hon inte alls,
vänder sig bara om och tar itu med disken, sticker sina
händer under den heta vattenstrålen trots att läkaren
sagt att hon måste undvika att blöta ner händerna om
hon någonsin vill bli av med eksemen.

Hon sköljer händerna tills skinnet lyser brinnande
rött och börjar sedan massera tallrikarnas glatta yta
med diskborstens fransighet. Diskvattnets sång blir
deras enda melodi, skrapet och gnisslet och kluckandet.
Hennes ryggtavla tiger.

Han väntar på gården när hon kommer tillbaka och
vore det inte för glöden från cigaretten hade hon inte
upptäckt honom i mörkret. Siluetten försvinner in i
fasadens tegel och ingenting blir sagt. Hon stelnar mitt i
en rörelse och betraktar honom med stum blick inifrån
kapuschongens dunkel. Sedan tar hon fem steg över
den frostiga asfalten, landar vid dörrhandtaget och drar
upp porten. Han noterar att hon inte tänder lampan i
trappuppgången. Fönstren släpper in ljus från
gatlyktorna som gör det enkelt att navigera sig fram
över trappavsatserna utan lysrörens hjälp. Kanske vill
hon inte bli sedd.

När hon kommer in i köket hänger frågan kvar i
luften men hon ignorerar den. Går omvägar för att ta
sig fram till skåpet, lyfter ut en blommönstrad kopp och
fyller den med vatten, placerar i mikrovågsugnen och
väntar invid surrandet.

Live light, travel light, be the light, proklamerar
papperslappen som sitter fästad vid tepåsen. Hon fnyser
och river loss den, slänger bland de andra soporna.
Banan- och avokadoskal, tomma nudelförpackningar,
kaffesump. Underst någonting annat; hon vill inte

tänka på det. Natthimlen bär spår av gamla
civilisationer så hon fastnar invid fönstret med
tekoppen, vars innehåll snart kallnar, och märker inte
att tiden tagit fart igen. Han betraktar samma himmel
genom fönstret i det andra rummet, utan att sova.
Sängen väntar på att fyllas av två kroppar men den
vänstra sidan gapar ännu tom. När hon äntligen
överger sin utkiksposition och återvänder till en sorts
gemensam värme har det redan blivit morgon.

Frågan saknar konturer. De vänjer sig vid att leva med
den, går allt mindre omvägar eftersom dess
utsträckning i rummet i vart fall är minimal. Om köket
är en farlig plats kan man vistas i rummet. Där är
gardinerna mossbelupet gröna och bokhyllorna vittnar
om livets beständiga värden. Hon sitter i timtal med
tankarna fästade vid sidantalen och bryr sig inte om
apelsinjuice och löskokta ägg, hur mycket han än ropar.
Sedan slutar han och låter frågan förbli hängande på
samma sätt som förut, framför diskbänken. Hon gnolar
försiktigt från duschen.

Han önskar att han aldrig frågat.

Omständigheterna kommer ändå att förse honom med
svar till slut. Att benämna mysteriet var att försöka
forcera en process som måste tillåtas ta tid i anspråk.
Nu lever han med skammen över att vara en sådan som
vill veta säkert, medan våren inte börjar utanför.

Tomma schampoflaskor samlas på hög, det
stämplade datumet på mjölkförpackningen passeras
med dagar och veckor men behåller sin plats mellan
margarin och soltorkade tomater i olja. Köket görs
långsamt alltmer ostädat genom vardagens praktik men
aktiviteten har ersatts av frågan. Snart är de bara
människor som kommer och går genom samma dörrar
med likadana nycklar och sitter vid samma bord och
äter potatis eller flingor i tystnad.

Hon tar allt langre promenader, lyssnar på ny musik
och slutar röka. Det händer från en dag till en annan.
Hennes jeans bär ännu spår från förra sommarens
brottningsmatcher i gräset men ögonen har åldrats.
Den där isblå blicken följer stjärnorna om nätterna och
han önskar att hon ville hugga dess tappar i honom
någon gång. Hennes ögon på honom är vatten, mjuka

och undanglidande som strömmarna i ån. Tiden har gått någon annanstans. Badrumslampan är trasig men ingen lagar den; det spelar ingen roll vad man gör med ett hem om tankarna ändå är på väg därifrån. Kvar står tre kaffekoppar underst i diskhon.

Den nya salvan hjälper lika dåligt som den förra och han hör henne rispa upp huden om nätterna, föreställer sig hur fingrarna sprids i flagor över kudden. Hon gör det i sömnen, river och sliter mot madrassens kant. Det är svårt att sluta lyssna på någon som är tyst. Väckarklockan ger ifrån sig två dova läten vid varje hel timme, sedan ett ensamt pip vid halv. Han angriper nätternas vidsträckthet genom att förlita sig på detta följsamma narrativ: en timme följer efter en annan. Så har det alltid varit och kommer alltid att vara. Det är inte sant, men han låtsas. Hennes andetag förblir grunda. Som fjädrar.

Sömnens landskap är bara tillgängligt för dem som inte åtrår det. Ju mer han anstränger sig, desto djupare in i vakenheten sjunker han. Till slut förvandlas den kvardröjande vintern till minnet av andra årstider och han letar febrilt efter ledtrådar som ska binda samman

fragmenten till en berättelse, men väggarna i det här
rummet erbjuder inga svar och gardinernas
mossbelupna glädje börjar kännas märkligt utdaterad.
Gatlampornas sken bildar skuggor på parketten,
lakanen knölar sig oberäkneligt. Växterna tronar
uttorkat livlösa i sina krukor, reliker från en annan era.

En natt smyger sig svaret fram över kuddarnas oändliga
glaciär och landar i en pöl mellan deras vässade
andetag. Hon flämtar fram en liten antydan som följs
av bekräftelsens tomma oåterkallelighet; testet visade
två streck, men resultatets orsak har utraderats. Sedan
somnar hon omedelbart om. Han fortsätter stirra ut i
mörkret, som förut. Klockan piper till.

    Snart kommer våren på en enda gång och gör
himlen sinnessjuk utanför fönstren. Plötsligt står hon
upp i soffan med en skrapa i ena handen och
rengöringsmedel i den andra, låter vindarna husera fritt
i gardinen. Fåglarnas sång vibrerar mellan huskroppar
och träden kvider under smärtan av sina födslovåndor.
Världen börjar om.

Anna Maria

Det är inte barnens röster som stör mödrarna, utan
deras fallhöjd. Snart står kvinnorna och spanar ut över
planen som om de letade efter sommaren. Trummande
ben pumpar marken mjuk, spröda hesa röster utan
andetag fyller ut tomrummen, bollen far hit och dit
innan någon hinner tänka, mödrarna säljer korv och
serverar varandra skarpa anletsdrag inslagna i små
leenden. Det finns inget slut på söndagseftermiddagen;
himlen ligger blåslagen och skälver. Fölen galopperar.
Visselpipan ringar in planen med sin evinnerliga sång
och ingen bryr sig om fäderna som står och gråter på
parkeringen över alla fortkörningsböter och
felparkeringsavgifter de ådragit sig. Här finns bara
livmödrarna och deras avkommor som springer.

Anna Maria står inklämd bland de andra och
försöker förtvivlat spruta ketchup på förbiilande
varmkorvar som Maggan sålt. Alla vill ha ketchup,
nästan ingen senap. Anna Maria önskar att hon blivit
placerad på senapsstationen istället, men här står hon
nu med ketchupflaskan i högsta hugg och viftar. Vem

kan ana att hon inte sovit en sekund under föregående natt? Hon är lika effektiv och blank som någon annan, en kugge i det heliga idrottsklubbsmaskineriet. Nästa vecka är det dags att sälja lotter, och sedan börjar schemat om igen. Städning av klubbhus, bullbak, strumptvätt, tröjtvätt, shortstvätt, skjutsning och hämtning och tusen andra små uppgifter som verkligen ser till att livet är ett fortgående helvete, och ändå är det inte sådant som tär på henne.

Anna Maria har alltid haft en oklanderlig hållning och det mörkbruna håret säkerställer att hon kan bära skarpa färger utan att förlora sig i dem; de flyter samman med hennes ögon på ett sätt som verkar förrädiskt lättillgängligt men egentligen tyder på en ansenlig distans till livet. Bara någon som ägnat fyrtio år åt att vara slående vacker utan ansträngning kan utstråla en sådan likgiltighet, men Anna Maria är naturligtvis inte själv medveten om hur det förhåller sig utan förnimmer endast korvmammornas samlade hat; hon tror att det rör sig om bristande karaktärsstyrka eller ett sorts personligt brott hon begått utan att märka det. Hon har nästan rätt.

Och barnen fortsätter springa – vilka små ben de har! Alldeles vita och torra, nästan otäcka där de lyser i hösten. Är det inte dags för långa byxor snart? Barnen vilar sig inte. Även i halvlek springer de runt och mäter styrkan, driver varandra mot gränsen. Anna Maria vill inte veta vad hennes son gör. På sista tiden har han verkligen börjat äckla henne och hon ser hellre i marken än följer hans löjeväckande kroppsspråk med blicken, tacksam ändå över att bara ha ett enda barn. Värre är det för Maggan som har fyra; hur många varmkorvar måste hon inte ha sålt? Det är därför hon står på korvplatsen som är den mest prestigefyllda, medan de nyblivna fotbollsmammorna i lydig ordning delar ut ketchup, senap, rostad lök och bostongurka.

Med ett istidshugg inser Anna Maria att hon trots allt står på plats nummer två, direkt efter korven, och således anses accepterad. Vilken lycka! Men hon känner den inte. Allt hon har är ihålighet. Tomma tankar, ett skal att fylla med *vadsomhelst*. Åh, om hon bara fick en släng av någon intressant sjukdom. Men nej, hon håller ketchupflaskan som en sköld framför sig och gör allting Maggan befallt. Hoppas att sonen ska

snubbla på sina egna spetsiga knän och falla djupt i
gräset. Då kanske han måste åka till akuten och hon
slipper ifrån ketchupen och det gnidande ljudet som
uppstår när skorna träffar ytan och sakta förlorar
greppet.

Sedan ligger Anna Marias son på marken och hon
förstår att hon springer eftersom det susar i öronen,
men händerna greppar fortfarande om ketchupen och
hon vågar inte vända sig om för att möta Maggans
hånfulla blick. Hon vet hur hon förväntas agera, har
sett andra mammor göra det här – men de spelade inte
upp en scen, utan agerade utifrån verklig oro. För
henne är det annorlunda. Hon springer för att hon
måste men när hon kommer fram vet hon inte vad hon
ska säga eftersom skadan inte berör henne. Sonen är
gjord av ett kött som inte är hennes. Hans sår rinner
inte av hennes blod.

Det är så uppenbart för Anna Maria att hon spelar
teater att hon nästan vill sätta sig ner och gråta ymnigt,
men det gör hon naturligtvis inte. Istället följer
ketchupflaskan med henne ut på plan medan hon

trummar (tillgjort) ängsligt med fotsulorna över gräset
och spänner underarmarna.

Vilken vacker höstdag! Solen speglar sig mot löven
som fäster i himlen och ger allting en härligt roströd
nyans att ta med sig hem och spara i lådor. Det hade
varit gott med en cigarett, men det var längesedan hon
slutade röka. Sådant är för arbetarklassens kvinnor som
(o)roar sig vid köksfläkten med telefoner och annonser.

Anna Maria den svala ankan som dansar framför
spegeln när staden somnat, vansinnigt upphöjd och
ändå så ensam när maken än en gång flugit till en
bilfabrik i Shanghai eller Kuala Lumpur eller Säffle
(hon har slutat lyssna till namnen). Hon motionerar fem
dagar i veckan med stavarna i högsta hugg; fyra varv
runt den lilla sjön och sedan gömma sig för det
nordiska klimatet i en vedeldad bastu.

Innan hon hinner fram till den rinnande kroppen på
marken är domaren där och fångar blicken, vänder den
uppåt och stannar till mitt i Anna Marias hår. Hon
förstår att en grundläggande förutsättning faktiskt håller
på att ändras och firar sin egen lycka i ett ögonblick

medan hon tar det sista språnget för att huka invid
sonen även hon. Hans läppar lyser redan lite
blåskimrande och hon ser på benet som har ett konstigt
vitt märke rakt i.

Det ser ut som hundmat, hinner hon tänka innan
spyan landar på marken och bildar en egensinnig ocean
av varmkorv och förlorade drömmar. Hon stirrar
förvirrat på sonens ansikte. Han är sig verkligen inte lik;
ser nästan ut som henne nu, inte alls utsmetad och
arrogant som annars. Hon drabbas av ett ovant
medlidande som klär henne illa. I ryggen bränner
korvmammornas förfärade utrop.

Då händer det. Himlen vräker sig ner över planen och
fastnar i Anna Marias ögon. Hon blir bländad av ljuset
och väntar sig ett avgörande rop. Hon väntar.

Korvmammorna tycks oändligt långt borta där de
står med köttet pressat mot kroppen och svettas i
oktobers sista varma söndagsuppvisning. Inga mer
stänk av ketchup ska färga jeansen svagt rosa, inga arga
tioåringar som begär påfyllning, inga trötta äkta eller
falska män med eller utan portmonnäer som ler sådär

överseende och frågar var hennes egen man är.

Tystnaden är vacker precis när den intar henne. Anna Maria ler och sträcker sig efter blåheten som skänkt denna vackra gåva och upptäcker genast att hon själv också ligger på marken nu, med ryggen nerkilad i det våta gräset och löven som sakta faller i formationer runtomkring. Hur länge har hon legat här? En livstid eller mera.

Sonen… Honom har hon fött, men det var längesedan. Han blev ett fult och otåligt barn med stora framtänder och sedan var han nästan inget barn mer, snarare en sorts omständighet att förhålla sig till – som en man eller ett hus. Fiktiva verklighetsbeskrivningar att hålla fast vid i brist på verklig strävan efter sanning, av ren lättja naturligtvis. Anna Maria ser allting så tydligt nu, när ljuset sveper in över hennes pupiller och gör dem mörka som gjutjärnspannor. Hon tänker ligga kvar.

Långt borta uppfattar hon personal i sjukhuskläder och en folksamling, men tystnaden är fortfarande total så hon behöver inte bry sig. Hon lastas in bredvid sonen som en annan slaktkossa och blir behagligt fastspänd vid britsen. Alltsammans känns mycket respektingivande och ändå fullkomligt naturligt, som om det varit menat att bli just såhär. Blåljusen blänker troskyldigt ikapp med hösthimlens alla dåraktiga konster och Anna Maria sover tryggt i bilens mage. Vad sonen gör angår henne inte; han är inte längre hennes barn och har kanske aldrig varit det, inte som Maggans söner utgjort moderns andning och blod. Anna Maria skulle kunna flyga ut genom rutan och försvinna nu, men gör det inte. Hon är trots allt ankan i dammen som stannar kvar.

Men att sova! Åh, vilken lättnad. Aldrig ska hon vakna mer. Inte som förut. Inte skura, inte putsa, inte bry sig. Hon ska bara ligga där alldeles tyst på soffan, fridfull och otillgänglig, och låta åren gå tills de slutar göra det. Och då ska det bli ännu tystare och då är allting äntligen perfekt.

Det omöjliga minnet

Småstadens lakoniska hetta motsvarar det omöjliga
minnet. Hon har redan ätit frukost i skuggan, på den
sista mörka yta som kvarstod i hörnet av uteplatsen
innan värmen vällde in med sina hänsynslösa strålar
och koloniserade stenplattorna även där.

Villaträdgårdarna vilar tunga under en evig
himmel, alltför blå att rymma sorg. Det är dagen före
högtid. Barnet utanpå mammans mage, klätt i solhatt
med en tunn sjal till skydd över armarnas ljusa hud, vet
ingenting om skälen för promenaden. Mamman
medveten om att stegen hon tar innebär slutet på en
era, men intalar sig att det inte alls är så. Att veta vad
hon gör skulle vara smärtsamt; hon säger sig att hon
inte gör någonting särskilt.

Mamman har redan sprungit upp- och nedför
trapporna i det lånade huset, lämnat barnet på en filt i
skuggan. Barnet har ännu inte lärt sig att krypa iväg,
vänder bara över på mage och gnyr övergivet när
mamma rusar efter kaffe och isbitar att bota värmen
med. Modern försökte läsa – eller skriva? – medan

barnet drack mjölkersättning ur flaska och provade tallkottars spetsighet mot gommen. Det är märkligt: i minnet kan hon senare inte framkalla barnets närvaro, trots att det hela tiden låg på filten bredvid henne. Barnet *måste* ha varit där, hon var alltid med barnet den sommaren, de var ständigt hos varandra, sammanväxta till en enda organism i nätternas fuktiga mörker då barnet ankrade sig fast vid moderns bröstvårta och förblev där tills gryningen sträckte sin aningslösa hand mot rutan.

Alltid tillsammans, även på en sådan promenad som äger rum mellan stillastående trädgårdars tysta fläderriken, liksom nästkommande morgon då de ska vakna på en gammalmodig soffa, mamman med huvudvärken roterande längs tinningarna. Hon ska följa landsvägen då, skjuta barnvagnen framför sig genom skogen och över åkrarna, barnet gråta utan att förstå varför. Det kommer att vara mammans födelsedag då, men ännu är det dagen före högtid och luften hänger orörlig mellan huskropparna medan mamman och barnet rör sig längs den utstakade sträckan på en oändlig promenad, oändlig in i

evigheten. Deras siluetter utmed parker och
hyresområden, mamman klädd i jeansshorts och linne,
barnet dolt under tunn sjal i bärselen. Tusentals år
passerar men ingenting rör sig, annat än mamman och
barnet. Annars stillhet, allting nyklippt. Kvarglömda
plasthinkar på en lekplats, neddragna persienner,
sommarmorgon. Outhärdlig grönska att bedöva
ögonen med. Mamman rör sig redan som en skyldig.
Barnet bär solhatt.

Det finns en särskild sorts målmedvetenhet vilken
endast visar sig hos dem som låtsas att de ingenting gör.
Mamman går som på måfå, trots att hon hela tiden vet
vart hon är på väg; hur skulle hon kunna låta bli att
veta? Ändå intalar hon sig att promenaden sker av en
tillfällighet, att ryggsäcken följer med utan anledning.
Ingenting ska hon dölja i den, som hon inte lika gärna
kunde burit i handen.

 När mormodern sedan bromsar in sin bil framför
uteplatsen och säger att det är dags att åka ska
mamman utan att blinka hävda att det är flädersaft i
glaset, en svalkande dryck att bota värmen med, sluka

de sista dropparna i ett enda svepande andetag.

Men det är sant att mamman under promenaden verkligen inte vet att hon begraver en era. Hon tror att det rör sig om enstaka dagar och nätter, tänker inte på att hon är ensam sånär som på barnet i det här tysta, varma landskapet, att ingen finns att dela bördan med. Ryggsäcken fylls av nödvändighet och hon tror att det måste ske eftersom det varit så i alla år, i alla tider förut. En evighetslång promenad når alltid fram till samma mål, men barnet vet inte vart mamman för dem.

De ska vakna på en soffa morgonen därpå, den plats där barnet sovit ensamt med feta sommarflugor surrande kring de mjuka kinderna medan modern ropat ut sin förtvivlan i natten. I gråskalan ska de färdas utmed landsvägen då, genom den skog som utgjorde mammans egen barndom.

Mamman har redan druckit sitt iskaffe med ryggen mot den skrovliga tegelväggen, barnet har legat på en filt bredvid. Mamman skrev, eller läste? När hon senare försöker framkalla bilden ur minnet ser hon bara sig själv och kaffet, en bok eller ett skrivblock – men inget

barn. Hon kan inte längre påminna sig hur barnet såg
ut på den tiden, innan det blev ett sådant barn som rör
sig och försvinner om det lämnas ensamt. När ett
spädbarn ständigt var länkat till hennes sida och följde
med likt ett viljelöst kramdjur vart hon än av
nödvändighet måste gå.

Huskropparna står mycket orörliga i sin tegelgula
fullkomlighet. Parkerna stilla, kyrkogården hopsnörd
under den hämningslösa solen. Människorna har åkt till
havet eller landet, har stugor att vänta på sommaren i.
Bara mamman och barnet är kvar i staden, och kön
som långsamt ringlar i väntan på tioslaget.

Hon är redan ute på promenad och passerar
kyrktornets skugga när visaren kryper mot fem i, står
snart bland andra kvarglömda sommarsjälar mellan
designade bänkar och småvuxna träds grafiska skuggor;
mamman noterar att det inte finns några sprickor i
cementplattorna, gågatan lyser historielöst nylagd.
Aldrig har hon gått på dessa rutor förut, och ändå är
det samma väg. Det kunde varit en annan stad, vägen
är alltid densamma. Hon väntar och pysslar om sitt
barn, torkar bort en inbillad spya med näsduken. Själv

ska mamman inte förkasta den intagna maten förrän i
slutet av sommaren, men det börjar nu, med ett beslut.

Hon intalar sig att ingenting händer, inköpen sker
av en slump trots att hon planerat morgonen noggrant
och räknat minuterna för att veta säkert att hon hinner,
innan mormoderns bil kör in på garageuppfarten och
hon själv stjälper i sig det sista av flädersaften, säger
någonting om den gigantiska värmen. En obegriplig
hetta har lamslagit landet, kyrkklockorna slår plötsligt
tio.

Det är märkligt: i minnet ser hon bara bilen som
närmar sig och glaset som plötsligt töms, av
nödvändighet, att hon sträcker sig efter det och låter
drycken träffa svalget i en plötslig våg tills isbitarna
ensamma dröjer sig kvar på botten medan mormodern
bromsar in och stänger av motorn, hon hör bildörren
slås upp och hur hennes egen uråldriga röst
pliktskyldigt bedömer vädret.

En gigantisk hetta, ingen slipper undan.

Men barnet måste ha varit hos henne, de var alltid
tillsammans. Ändå minns mamman inte barnet.

En omöjlig resa: tio minuters promenad från uteplatsen
skugga till hoppets butik. Man säljer drömmar
paketerade i glänsande kroppar med vackra etiketter
utanpå, som aldrig berättar någonting om verkligt
innehåll. Det finns saker som inte bör köpas och
stoppas i ryggsäckar, korkar som inte bör skruvas av i
skydd av förmiddagsneddragna persienner i lånade hus,
eror som inte bör inledas, barn som inte får glömmas.
Det finns soffor som aldrig borde rymma mammors
födelsedagsuppvaknanden, datum vilka inte borde få
brukas som ursäkter. Det finns försommarpromenader
som varar i evighet, sträcker sig in i augusti.

Två månader senare ska mamman undra vad som
egentligen hände den där dagen. Innan dess ska det
finnas nätter då svetten bryter fram på ben och armar
medan barnet sover i samma rum, tryggt inlindat bland
kuddar och filtar, medan mamman spiller den röda
vätskan över möbler och förgäves försöker tvätta bort
fläckarna ur träet.

Sedan ytterligare en sorts nätter då pappan
återvänt och föräldrarna måste stanna på
undervåningen för att spela sin eviga teater medan de

hoppas att barnet inte ska vakna; hur de ska lystra allt sämre ut i mörkret alltefter som timmarna går, efter ett skrik som kanske inte hörs på avstånd. Ännu senare nätter på andra sidan av ett hav, då mamman ska förlora sig i gamla städers fasader och finna andra soffor, samma grådaskiga gryningar. Men ingenting blir någonsin lika skrämmande som barndomens skogar med det nya barnet i vagnen under morgonhimlens uppgivna midsommarregn, födelsedagstinningarnas varningsklockor.

Det omöjliga minnet är morgonen innan allting började, då hon uppfunnit en anledning till att stanna i det lånade huset över natten, endast för möjligheten att befinna sig några timmar i staden utan mormoderns vakande blickar. Att hon tack vare det ostört kunde genomföra promenaden med barnet på magen och ryggen lastad tung, litervis av borttappade drömmar. Hon visste att alltsammans skulle börja om *igen*, men förstod inte att det kunde bli långvarigt. Barnets första sommar borttappad i en stillastående småstadshetta, medan kön ringlade lång och flaskorna glänste i grönt och vitt och guld.

Den andra norra sommaren

Det är sandstrand ovanpå sandstrand i lager av tid; här
gick hon för ett år sedan, och hon återvänder till sina
egna spår. Skjuter vagnen framför sig. Benen ligger
bara emot den hårda vinden och hon hatar
Nordjylland lika mycket som förut, denna vindens
hemvist där man alltid är torr i munnen och aldrig får
som man vill. Utsattheten inför väderleken föder en
utmattning som riskerar att växa till gigantiska
proportioner. Hela staden luktar fisk.

Fyren står i bredbent kontrast till den djupblå
sommarhimlen, häver sig mot horisonten. Hon ska ta
sig dit – det bestämde hon redan vid ytterdörren.
Vinden sliter i hårtestarna och tårar ögonen men
barnet sover lugnt under suffletten, glömskt av moderns
strävan. Hon har detta barn med sig nu, samma barn
hon bar inuti för ett år sedan, när det var ett litet frö
och sedan en jordgubbe. Då visste ingen att det var just
detta barn som skulle födas. Ändå gick det att ana sig till
allting. Namnet som modern skrev i sanden var samma
namn som sedan applicerades på den mjuka kroppen.

Alltså visste hon redan, men ofta vet vi inte att vi vet,
och sedan glömmer vi att vi redan visste.

Cykelvägen kantas av cyklister och fotgängare, men de
rör sig alla så ledigt. Skolklasser som inte skriker i
frustration över blåsten. Modern minns sin tjugosjunde
födelsedag och en cykelfärd mot Fredrikshavn vilken
måste avbrytas eftersom hon stod upp och trampade i
motvind utan att komma någonstans. Hon hade fått en
ledig dag ifrån fabriken, packat matsäck eftersom hon
var medveten om graviditeten. Ätit pannkakor i sängen,
fäst tillfälliga tatueringar på armarna och besökt
postkontoret innan hon for; det var ett ensamt sätt att
fira födelsedag på.

Hon stannade cykeln vid en loppmarknad där alla
kläder envist framhävde magens trinda buktning, trots
att den skulle föreställa en hemlighet. Hon var en i
raden av kvinnor genom historien som väckts av
klockans alarm på morgonen, tagit på sig de blå
arbetskläderna, ställt sig vid bandet och sedan väntat på
att få gå hem och sova, rader av ögon i badrumsspeglar
under kafferaster som försökt förstå att det kan rymmas

ett liv, inuti. Behållit en hemlighet tills den avslöjats.

Hon tog tåget sista biten till Fredrikshavn,
kämpade i uppförsbacke till den botaniska trädgården
och åt pliktskyldigt sina smörgåsar invid en husknut.
Hon var inte glad. Näsan rann och hon kunde inte
koncentrera sig på boken. På tågresan tillbaka norrut
mötte hon en sympatisk kvinna vars son blivit
högerextremist. Hon berättade inte om graviditeten,
som för övrigt inte syntes i de pösiga hängselbyxorna.

Jag ljuger. Pösiga hängselbyxor är sådant gravida
kvinnor bär på film, eller möjligen i litteraturen. I själva
verket bar hon en blommig kjol med resår i midjan
men såg ändå inte gravid ut. Det hade kunnat vara en
medfödd kroppsform eller en kvardröjande konsekvens
av dagens lunch. Barnet var fortfarande bara ett litet
frö eller en jordgubbe. Avokadokärna.

Nu når hon äntligen fyren och stannar för att ta en bild.
Ljuskäglan i bakgrunden, barnvagnen i förgrunden, det
sovande barnet skymtar inuti. Himlen ligger blå och
utslagen över landskapet, som ännu väntar på

sommarens verkliga färger. Man talar om ljuset och
akvarellerna men ingen nämner den utsatthet som
uppkommer av att befinna sig i ständigt blåsväder, med
torra händer och sandpiskad blick. Hon har sprungit
utmed hagar med islandshästar och tänkt att det är tur
att man håller sig till just sådana hästar här, för de är
den enda ras som bär en lämplig mundering. Kanske
gick det även att tillåta shetlandsponnyer, men i övrigt
borde denna gudsförgätna landtunga hållas fri ifrån
djur (och människor). Ändå firar de besuttna
sommarlov, kommer till sina stora gula hus som gapat
tomma över vintern, fyller dem med grillfester och
mening.

Modern har bara varit här som arbetare, liksom
barnets fader. Idag är hon besökare. Strävar ut mot
muscet där haven möts, tänker på att hon också varit
här som barn men inte minns det. Stått där vågor
korsar vågor och skrattat med ljusa tänder och lockar.
Barnet i vagnen begriper ingenting, är ett spädbarn
som inte ens lärt sig sitta själv, låter sig vaggas till sömns
och drömmer om vad som helst, former och färger utan
namn. Förra sommaren bakade modern paj och tog

med i ugnssäker form att äta på stranden, men frös så mycket i vinden att hon blev liggande insvept i en lånad jacka invid en sten och huttrade. De andra åt pajen, lät hennes trötthet bero på tillståndet. Hon anammade deras förklaring som en sista utväg, lät ensamheten förklaras med sin fysiska belägenhet.

Hon passerar fyren och trycker vagnen framför sig det sista hundratalet meter, ler inte mot mötande. Sätter fötterna i asfalten och kramar om handtaget, sträcker sig efter lunchtimmens ljus. Hon är en ammande kvinna nu, bär inte med sig någon annan matsäck, bär ingenting annat än blöjor och servetter. Barnets föda hänger framtill och tynger ner hennes existens. Hon undrar när munnen ska vakna och börja ropa på hjälp, hoppas att det inte sker ännu, helst inte förrän de återvänt till civilisationen inomhus där vinden nästan håller tyst. Hatet mot blåsten manar henne framåt, hon utmanar vinden fastän hon vet att det är en strid hon ovillkorligen kommer att förlora. Det blåser alltid på Nordjylland, hon förstår inte hur de åretruntboende står ut. Kanske gör de inte det.

När hon kom tillbaka från Fredrikshavn hade de andra lagat födelsedagsmiddag åt henne. Hon åt med ett tillkämpat leende, tänkte på nätterna och barnet och stickorna som alltid visade samma sak, drack ingen öl till maten. Tackade för sig och gick till sängs. De andra satt vakna och pratade, var på människors vis. Sociala varelser. Hon somnade med handflatorna pressade mot magen och små bäckar i ögonvecken. Ingen känner omfattningen av ett ansvar som inte själv provat tyngden.

Sedan kom dagar då hon kräktes på fabriken, inte kunde dölja omständigheterna mer. Sprang med handen för munnen genom produktionen och blev uppkallad till ledningen. Hon visste inte vilken vecka, fick ett nummer till företagsläkaren och remiss till sjukhuset i Hjørring. Kom tillbaka lugnad men förbittrad, ville hellre stanna än resa hem. Åkte sedan, ensam.

Museet lyser stilistiskt vitt mot det kala ljuset, ett löfte om frodiga luncher och svala eftermiddagsdrinkar. Här kan man sina konster och har inga skäl att dölja det.

Platsen är en årligen återkommande miljö för de redan invigda, samt för gästarbetare. Hon vill låtsas tillhöra den första gruppen snarare än den senare. Vara här som besökare men inte turist, en som hör till och kan naturen. Tål vädret.

Hennes duvblå bomullsklänning är beströdd med vita olivkvistar, vagnen lika azurblå som himlen. Hon är inte längre en arbetare i mjukiskläder som sveper genom gryningsgatorna i riktning mot de dånande båtarna och fiskmåsarnas skrik, står i kö för att ta på uniform och bli en i ledet utmed bandet, en sådan som bara vågar vänta på automatkaffe men ingen annan förlösning. Istället sofistikerat sval i duvblått med vagnen som sköld framför sig. En mamma med ett barn; hon kunde vara vem som helst.

Sedan visar det sig att museet är stängt eftersom det är måndag. Sedan visar det sig att hon inte ens kommer åt toaletten. Sedan fortsätter hon ner på andra sidan, blir omkörd av en bastant traktor med gladlynta semesterfirare på släp baktill och följer en förtröstanslös grusväg innan hon till slut når fram till stranden, bara

för att inse att hon inte orkar skjuta vagnen genom
sanden utan måste ta samma väg tillbaka upp igen.
Sedan letar hon efter en restaurang där hon inte skulle
ha råd att köpa någonting mer än ett toalettbesök men
hittar inte heller det. Sedan slår hon i dörrarna och går
utmed raden av bänkar på terrassen för tredje gången
och det är då hon hör orden yttras.

Inte var det något barn i den vagnen.

Hon ser inte ut att duga till det och vagnen är
alldeles fel. En gammal modell med slitna däck, ingen
tror på utsmyckningen – hon är en vandrande
maskerad som skjuter en attrapp framför sig. Barnet
sover glömskt av sommaren.

Ett hus

Det fanns ett hus och inuti det huset lärde jag mig att skriva igen. Man måste alltid börja om och återigen bli ett barn vilket sover med radion i sängen. Det fanns sol på morgonen som lyste över skogen. Även en fågelskrämma. Jag var inte tillsammans med någon förutom barnet. Hon levde i mig. Jag var ensam. På promenader genom skogen med lånade gummistövlar och alltför stor jacka, i respekt inför den ensamhet som lärde mig att leva eller skriva igen. Aldrig båda.

Det var i huset jag befann mig och förmådde möta den sortens böcker jag under en lång tid försakat att läsa, trots att jag redan då kände till att de var nödvändiga för mig, som människor aldrig varit. I det huset kunde jag vara i närheten av skogen och fästa filtar framför fönstren om natten för att låtsas att mörkret inte var just så oändligt som det verkligen var. Ja, precis så.

Med radions röster vilka ytterligare förstärkte omfattningen av min ensamhet samt jordkällarens proportioner och filtarnas värme. Jag talar om de lampor vilka jag själv letade upp i uthuset och inredde kammaren med, samt den omöblerade vinden vars tystnad fick mig att frysa. Om morgonen lyste solen in och gjorde livet möjligt. Det var då jag slog på radion i köket och bredde smörgåsar åt barnet i mitt inre.

I det huset skrev jag två dikter vilka skulle livnära mig under den kommande hösten och vintern. Invid väggen skrev jag dem, i solen.

Nej – det är sant endast om den ena. Den andra skrev jag med möda, invid fönstret, på förmiddagar. Fågelskrämmans siluett utanför. På kvällen täckte jag över fönstren eftersom jag var rädd för vad jag annars skulle få se.

Att tränga in i det huset var också att tränga in i mitt skrivande, liksom den omvända processen då husets ägare långt senare trängde in i mig. Jag hade velat låta det ske utan att känna till min önskan. De enda sanna önskningarna är sådana vi först inte upptäcker.

Jag ville återvända till husets vila, varför jag en morgon såg till att befinna mig i hans säng, fortfarande

utan att blotta min avsikt. Inte för honom och inte för
mig. Han var inte lik sitt hus till sättet men hans händer
utgjordes av husets virke, eftersom han skapat det. Jag
fick låna huset och sedan lät jag honom ta min kropp i
besittning, som en fristad. Han trängde igenom porten
och fann en plats för vila. Jag mindes nätterna i skogen
då fönstren inte släppte in något ljus, och inget mörker.

Vem kan säga vad som är det mest intima: att vistas i
en bostad, eller någons inre. Barnet fanns i mig vid den
tidpunkten. Jag bläddrade igenom fotoalbum som
visade husets ägare ung och lycklig. Med sitt första barn
i famnen. Det var så vi lärde känna varandra; genom
att inte vara på samma plats. Jag levde i hans hus
eftersom han lät mig göra det.

Med lånade gummistövlar rannsakade jag uthusets
förråd och fann överblivna lampor att mota bort den
värsta sortens mörker med. Fågelskrämmans siluett tog
över himlen medan radion fortsatte att vittna om tidens
oundvikliga framfart. Jag talar om en nyvaken politisk
verklighet. Den tiden var politisk, som alla tider.

Jag läste böcker jag aldrig orkat läsa om igen.

Ägarens blick bar inget namn och var på telefonen
endast en röst vilken uppmanade mig att inte känna
rädsla. Jag hade ingen attraktion till honom. Den kom
senare, när lakanen redan signerats med våra vätskor.
Viljan till kroppen uppstod efter lusten till huset. När
han trängde in i mig som jag i ett hus förstod jag att
önskan alltid funnits där. Sedan skogens början och
ljuset då.

En byggnad är en enda och dess tillbyggnader
förskjutna syskon. Jag har ett barn, han har flera. Sedan
jag blev mor åtrår jag fäder; sådana som känner till
andra barn än mitt, bär kunskap om deras vanor. Jag
förväntar mig att dessa fäders förvärvade erfarenheter
ska visa sig vara allmängiltiga och därmed tillämpliga
även på mitt barn, det vill säga att min åtrå ska visa sig
ha såväl en underhållande som didaktisk sida.

    Jag mötte obevekliga frågor i irisarna hos ett av
hans barn medan jag ännu låg i sängen – ett genant
ögonblick – inte sängen med radion, utan den som
fylldes av hans kropp. Huset i skogen betraktat på
avstånd ifrån en lägenhet i staden. Husägaren var

densamma för mig då som ynglingen på fotografierna.
Jag visste vem han varit för tjugo år sedan och
övertalade tiden att inte spela ut sitt trumfkort. En bild
till räddning.

Jag var mycket ensam på den platsen av ett enda skäl:
jag kom dit för ensamheten. Att söka den, innan dess
möjlighet för evigt runnit undan. Nu har jag ett enda
barn. Ensamheten blir aldrig mer densamma. Hon var
hos mig då, inuti. Inte som han var senare. Hennes
bostad blev hans vila. Min inbjudan till barnet mindre
konkret.

    Jag visste inte att jag ville underkasta mig hans
sömnbehov förrän jag redan låg i sängen. Att vistas
ensam i någons hus under en längre tid utgör början på
en åtrå. En ställd fråga utan svar. Ljudet av radion
under frukosten. Organisationen av vissa bestick inuti
lådor, elektriciteten som nästan aldrig fungerade.

Att vara inuti ett skrivande är en stängd dörr. Varje dag
skrev jag i huset. Sedan gick jag ut. Iförd gummistövlar
med skogen till vittne, barnets sparkar som tänder mot

tiden. Jag var äldre då än vad jag är nu och någonsin
kan bli igen. Berusad av timmarnas gång om nätterna.

Jag ville återvända till fullkomligheten hos dessa
dygn genom att söka husets själ. Jag uppmanade
honom att tränga in i mig, som nyckeln i ett lås. Jag var
aldrig vaken; men vilken dåtid talar jag om? Det har
funnits tider då jag sov. I det huset kunde jag bara sova
med radion på. Sedan vaknade jag, som solen.

Och dikterna därifrån var jag tvungen att omsätta
på en öppen marknad till förmån för levebröd. En enda
dikt förblev liggande på bordet. Jag förklarade huset
där, hur det utgjort min förlossning. Ägaren måste ha
läst texten, men var det orden eller mig han ville åt på
morgonen då han fann en väg förbi lakanens kompakta
tystnad, tillbaka in i min närvaro? Signerade riten med
en lögn inför barnet.

Vad har ni gjort?

Av alla hus jag besökt, fanns det inget annat. Ingen
annanstans var jag ensam utan att sakna ord. Inuti de
förmiddagarnas stillsamma inferno förblev jag
skrivande, invid fönstret, himlen, uthusen. Jag såg på

siluetterna där och hans ansikte var hos dem, på platsen han skapat, bland djuren. Att återvända till ägarens ansikte var att söka ursprunget till min text, och att följa vägen dit berättelsen tagit sin början.

Jag bar gummistövlar i uppförsbacke. Det är inte viktigt hur jag kom ut från skogen, dagarna flyter ihop. Men på farstutrappen en enda sol. Och ansiktet som reflekterades i ljuset.

Att tränga in i ett hus utgör kolonisationen av en själ, men att förbli i huset är att upplåta sig. Man blir kvar. Jag sökte minnet av träslag och lät mig återerövras av husets väsen genom att söka dess fader. Inuti honom, mig, ett barn. Jag vet inte om det kan kallas hans. En kronologisk omöjlighet som gjorts själsligt tänkbar.

Inte nu längre, aldrig förut. Det var sant i ett komprimerat ögonblick medan radion föll i sömn. Sedan lämnade jag huset.

Männen

Nu ska jag säga som det är. Jag förstår inte kvinnor som säger *jag skulle vilja vara i ett förhållande.* Jag förstår inte heller män när de säger så, men särskilt inte kvinnor eftersom det är de som verkligen har någonting att förlora på förhållanden; jag talar om deras väsen. En kvinna förlorar alltid sig själv om hon försöker leva med en man. Jag hatar inte män, jag tycker om dem som hundar – en klumpig liknelse, eftersom jag inte tycker om hundar. Jag tycker om män på samma sätt som jag föreställer mig att andra människor tycker om hundar, sådana som har hund och gör den till en del av sitt hushåll. Män skräpar ner och skvätter mat på golvet. De lämnar odiskade tallrikar under soffor och inuti byrålådor. Jag vet vad jag talar om för jag har sett det med egna ögon. Det är inte bättre med män som påstår sig vara jämställda utan tvärtom mycket värre, eftersom de är oförmögna att inse vidden av sina egna brister. Sådana män går runt och ger sig själva medaljer hela dagarna medan de inte ser hur kvinnan förtvinar.

En kvinna som ber om en mans närvaro är i själva

verket ingen kvinna. Nu talar jag inte om nattens sällskap eller bekräftelseleken, utan om att verkligen leva tillsammans. Det är omöjligt. Nu har jag redan sagt det. Jag påminner mig dagligen om att inte återigen råka ut för en sådan villfarelse. Att leva med män är det värsta som kan hända en kvinna. Med barn är det en annan sak, eftersom kvinnan bestämmer över dem (även när de inte lyssnar). Det finns inga jämställda heterosexuella förhållanden. Om homosexuella förhållanden vet jag ingenting så jag lämnar dem därhän, i den här texten.

Åtskilliga gånger har jag – bara under de senaste veckorna – iakttagit kvinnor som väntar på en man som på förlösningen. De är ofullbordade utanför ett parförhållande. Det vill säga att de tror sig vara ofullbordade medan de i själva verket står i sin fullkomliga blomning, som förblir oupptäckt och därmed obrukbar. Den intensiva lyckan över att inte behöva förhålla sig till en man förbyts då i förvirring. Kanske finns det kvinnor som inte klarar av att umgås med sig själva. De intresserar mig inte. Jag vill inte träffa dem.

Att vara ensam är aldrig att vara övergiven eftersom
det finns böcker. Andra saker som finns: kaffe, te,
vatten, kakor, måltider. Det finns inget slut på
metoderna för att aktivera sig, om det nu skulle vara en
önskan. En man utgör ett störningsmoment och ett
hinder för allt detta. Män duger till att hålla om ens
ryggrad dagar då den allomfattande livsledan kryper
vanskligt nära, men i lyckan har de ingen plats.

För att stå ut med en man måste kvinnan alltså
hålla sig uttråkad, annars fallerar allting. Jag vet. Ingen
vet det bättre än jag för jag har både varit uttråkad och
kär, och båda sakerna på en gång, men det slutar ändå
alltid likadant. Det slutar med att jag blir lycklig och då
står jag inte längre ut med att se hans kvarlämnade
tallrikar eller sorgsna ögon när han ber om mer.

Kvinnorna förlorar sig i sina förhållanden eftersom de
förser relationen med emotionellt råmaterial. Mannen
är en tomhet som förväntar sig att någon annan ska
passa upp på hans känsloliv. Det är äckligt att se. När
relationen tar slut tror kvinnan först att hon blivit
ensam, men förstår sedan vad det innebär och lär sig

att vårda ensamheten som sin dyrbaraste ägodel. Med mannen är det tvärtom. Först sjunger han och firar friheten med vin, sedan gråter han i telefoner nattetid. Han tror att hans sorg är den första i världshistorien. Varje gång är det likadant.

Mannen har så låg kunskap om sina känslor att han inte ens minns att han varit ledsen förut, han tror att hans sorg är legendarisk, att den ska bli omskriven. Ibland skriver han verkligen om den och då blir resultatet förfärligt, men hyllat.

Jag vet inte vad jag ska säga om dessa kvinnor som vill in i förhållanden. Deras åtrå inför de manliga kropparna har jag inga åsikter om; det är roligt för alla inblandade parter som orkar med ännu en passion. Men varför denna äventyrslust ska omsättas i slaveri har jag mycket svårt att förstå, varför någon vill påta sig ett meningslöst ansvar.

Återigen vill jag påpeka att det är annorlunda med barn, som växer. Männen förblir imbecilla kramdjur som vandrar omkring i morgontofflor. När de deltar i hushållsarbetet vill de ha applåder men ännu har de

inte förstått någonting om livets inre kärna. Ingen
jämställd man vet hur man talar med en kvinna, och
ingen annan man heller. Män talar alltid till sig själva.
De avbryter för att berätta hur det är; det gör jag också
men jag är kvinna och har fått lära mig för att överleva.
Jag är autodidakt i männens konversationsteknik.

I hela mitt liv har mitt intellekt förkastats av män
som varit dummare och mer belästa. Män tror att
kunskap korresponderar med intelligens. De har inte
förstått någonting. De vill bli tröstade.

Nu när jag äntligen kastat ut dem vill jag verkligen
inte att de ska komma hit igen. Det vore förödande för
skapandet, och mig. Skapandet är också förödande
men varaktigt. Sådant går att lita på.

Män kommer alltid att trötta ut en och lämna
besvikelsens utdunstningar efter sig när de går – trots
lättnadens suck då dörren stängs, efter dessa söliga
avsked. Det blir aldrig mer än så, oavsett hur lång tid
som förflutit. Besöket varade i en timme eller flera år.
Ändå går han, och ändå är det som bäst när han går.
Vi vill ha det så.

Sedan sitter kvinnorna återigen i mörkret och halsar sina drycker och ser sig om efter nya potentiella kroppar att fästa drömmarna vid. Vanan är ett mysterium, men vi behöver förhoppningar för att ha ett gemensamt mål att samlas kring. Vissa förväxlar det här med verkliga önskningar. Då blir det farligt.

Min vän bekände att hon saknar en man att välja vardagsrumstapeter med. Jag kan inte föreställa mig någonting tråkigare än att välja tapeter tillsammans med en man – han har ingenting att tillföra. Ingen har det, jag väljer själv, vad som helst. Det spelar ingen roll.

Jag väljer allting: sprit och karameller. Bordsdukar, belysning. Jag har ett hem för att skapa mitt eget universum. Annars skulle jag kunna sova var som helst. Varje gång jag försökt dela hemmet med någon vill jag döda den andra personen, och det var ändå aldrig onda människor jag bjöd in. Blotta förekomsten av livsspår i det som borde vara mitt eget får mig att hata och vilja ont. Att behöva fråga. Jag möblerar om när jag vill.

Ärligt talat: jag vill faktiskt slå kvinnorna på käften när de säger att de saknar män. Gå ut och skaffa dem, men tro inte att ni ska leva tillsammans! Vad ska det leda till? Jag föraktar kvinnor som vill ha män som hundar, men också kvinnor som har svårt att få dem. Ingenting är enklare än att skaffa en man. Det är bara att locka så kommer de springande. Jag har aldrig varit med om en man som inte velat ha mig, eller att han gått ifrån mig utan att jag först bett om det. På det sättet är männen mycket praktiska (i början) eftersom man kan sätta dem i arbete. De kan till exempel åka taxi mitt i natten med medicin och nappflaskor till ett barn som inte alls är deras, men mitt. De tror att de gör det av omsorg till barnet – och är dumma nog att verkligen tro det – men i själva verket bryr de sig naturligtvis bara om mitt kön. Det är bra så.

Kvinnor som inte kan få män att göra som de vill (i början) är löjliga och frånstötande. Jag skulle aldrig tillåta att en man inte tillbad mig, i så fall har jag redan klippt alla band när detta skrivs. Det finns kvinnor som gråter över samma mans frånvaro i åratal på ett häpnadsväckande och obegripligt sätt. Jag förstår inte var denna missriktade lojalitet finner sin källa. Återigen, det är en helt annan sak att män gör precis likadant, eftersom de verkligen skulle ha någonting att vinna på en erövring av kvinnan i fråga. Män tjänar alltid på en relation, exakt lika mycket som kvinnan förlorar.

Många håller inte med mig. Många kan ha fel. Många tror att utsagan *jag vill inte vara i ett förhållande* tyder på en önskan att vara promiskuös. Så är det inte alls, det vore lika illa. Ibland är en passion möjlig och det är roligt för alla inblandade, men nästan aldrig orkar en kvinna med det. Hon har annat att göra. För en riktig kvinna är det så.

Hon har ett arbete, och då talar jag inte om den typen av lönedrivet förvärvsslaveri som pågår dagligen, utan om det inre arbete vilket är varje kvinnas gåva och last. En kvinna vet hur det går till att umgås med sig själv, och vet hon inte det tror hon att en man ska kunna fylla det gapande tomrummet när han i själva verket kommer att gräva det djupare. Även för dem som skyr ensamheten är det värre att vara ensam med en man än med sig själv. En kvinna får aldrig göra

misstaget att tro att umgänget med mannen ska göra
henne mindre ensam; han kan ge sällskap, men inte
gemenskap. Det finns ingen gemenskap mellan kvinnor
och män, och ingen mellan män heller fastän de på fullt
allvar tror det. Män umgås aldrig, de bara aktiverar sig
tillsammans.

Mellan kvinnor uppstår det heller nästan aldrig
någon gemenskap men det finns en möjlighet. Ett sorts
glapp i universum som utgör en springa där det ibland
kan sippra fram ord. Då gör de båda kvinnorna, för det
kan i detta skede aldrig röra sig om mer än två, bäst i
att låsa alla dörrar och stänga av telefonerna. Sedan
måste de tala tills ögonblicket gått förlorat vilket sker
oväntat snabbt. Alkohol är nyttigt.

Nästa gång någon beklagar sig över hur mycket hon
saknar en man att fylla sina dagar med ska jag verkligen
föreslå att hon skaffar sig ett intellekt och börjar läsa
böcker. Man kan också gnida sig emot dem, det är
möjligt. Böcker är fyrkantiga.

Då uppstår nästa problem, att barnen stör
läsningen – men om kvinnan upprätthållit någorlunda

välfungerande kontakter med och på ett rimligt sätt disciplinerat sina tidigare män blir det med tiden möjligt att överlåta så mycket ansvar som läsningen kräver på dem. Då skickar hon ut män och barn genom dörren och stänger den. Sedan blir det tyst.

Många kvinnor som saknar män har inga barn. Det borde de skaffa, om de nu så oändligt gärna vill ha hand om någon. Med barn och böcker får en kvinna aldrig tråkigt. Män kan ha tråkigt var som helst. Det är deras naturliga tillstånd, men de märker nästan ingenting eftersom de haft tråkigt sedan födseln. Män saknar fantasi.

Med barn menar jag således döttrar – det vore förfärligt att behöva uppfostra en son. Hur modern än bär sig åt blir han sedan till en man. Det är outhärdligt att tänka på alla dessa kvinnor som slitit ut sig för söners skull. Jag blir aldrig en av dem, jag skulle abortera.

Kvinnor som önskar sig söner är ännu mer dåraktiga än kvinnorna vilka önskar förhållanden, fastän de just sluppit ur sina gamla. Barn blir man inte av med.

För kvinnor som inte haft några förhållanden har jag ingen förståelse. De är inte ens frigida. De är konstgjorda. Deras kroppar saknar liv. De har inte älskat sig själva tillräckligt mycket, för den kvinna som älskar sig själv blir ovillkorligen överhopad av män. Så var det för mig. De kom som vampyrer och ville suga ut energin, utvinna den lyster de upptäckt första gången deras glupande blickar hakade fast vid mig.

Mannens åtrå är med andra ord ett mordbegär eftersom han vill döda allting vackert han ser, genom att komma dragandes med sin emotionella amputation och placera den likt ett otympligt föremål i olika rum. Mannen tror att hans brister ska vara ett välkommet avbrott i kvinnans ensamma fullkomlighet. Ibland är det så. Om det inte vore för männens tidigare närvaro skulle jag aldrig ha upptäckt hur mycket jag tycker om att de är borta.

Brev till mina älskare

Det här är ett brev till alla mina älskare. Det här är ett
brev som slutar innan det börjat. Det här är ett brev
som avslutas, bara för att genast återuppstå. Detta är ett
brev av det gamla slaget, sådana de formades i tanken
innan de berövades språket och kläddes i ord. Det här
är ett ärligt brev. Det här brevet är till dig. Vissa texter
saknar alltid mottagare, hur mycket man än adresserar
dem. Vissa texter kan bara förstås av två älskande.
Vissa säger att älskande kan vara fler än två, men de
begriper ingenting. De älskande är alltid två *i taget*, om
än i parallella nutider. Hur många ögon har du? Se.

Det här brevet måste skrivas som en enda bultande
harang rakt ut ur tinningarna men ändå tvekar jag
invid orden, blir lam och stum igen. En bit kött med
händer. En skrivande människa måste vara mer än så,
eller mindre. Avsäga sig sina yttre attribut till förmån
för glömskan, bli ett redskap att hänga ut i vinden här.
Det blåser varje dag. Byggjobbarna fortsätter med sina
fasadrenoveringar; vad gör det för skillnad. Man

renoverar överallt. Det är ett bevis på slitaget som
människorna orsakar, på tomheten i mitt huvud. Jag
baktalar minnen eftersom sådana orsakar smärta, men
värst är det med allt som inte hänt, som kunnat hända
men aldrig inträffat, jag talar om nedgrävda drömmar
som ligger och förmultnar i sandlådorna. Ett ofött barn
och dina händer.

Vad skiljer ett brev ifrån andra texter, förutom att det
förlänas med en adressat (eller flera)? Vad skiljer en
människa ifrån en annan, förutom tiden? Vad skiljer
det en människa varit ifrån det hon ska bli? Vad skiljer
en människa ifrån sitt minne? Vad skiljer en plats ifrån
en annan, förutom att de bär olika namn? Samma
fasadarbeten, ständiga renoveringar. Vi trasslar oss allt
längre in i vår egen civilisation alltmedan den faller
samman. Vi ser ingenting med de ögon vi har. Det
finns människor som skriver brev utan att skicka dem;
det motsvarar den största godheten och värsta sortens
ondska.

De brev som kommer fram orsakar glädje,
förvåning, leda, smärta eller afasi. Breven skrivs för att

skickas. Ändå glöms de bort. Brev har mycket lite med
postväsendet att göra, det är som med simhallar,
kropparna passerar under ytan utan att verkligen nå
fram till varandra. Det spelar ingen roll var vi bor, bara
vi skriver. Vi skriver inte med våra köttiga huvuden
utan med händerna. Eller ögonen.

Jag ska ta de här händerna och lära dem att skriva igen.
Det här är ett brev till alla mina händer, och älskarna
som rörde vid dem. Är ni mycket förtjusta i eksem? Ja.

Utan mina händer förblöder staden, och ändå har jag
rest bort (bara för att återvända). Den skrivande
människans händer måste klösa sönder fasaderna på
bostadshusen, ändå gapar dessa fönster tomma medan
nya älskare korsar Atlanten. Det fanns ett språk som
tillhörde oss och när det inte finns, finns inte vi. Vad
skiljer språket inuti ett huvud ifrån ett brev? Brevet bär
också på bokstäver som mognar med tiden, pregnanta
berättelser i blekblå kuvert.

En svag doft av lavendel påminner om min mors
byrålådor och de segslitna somrar vi tillbringade på

landsbygden, hur hon sökte efter sina strumpor medan korna passerade utanför på väg till kvällsmjölkningen. Men det kan jag inte skriva i ett brev, du skulle inte förstå. Du var inte där, med dina händer och ögon.

Det här är ett ärligt brev till alla mina älskare som är du – resten bryr jag mig inte om. Vem du är har förlorat sin betydelse med tiden. Jag vet att du är där, att du ännu hör mig. Jag skriver från ett fasadarbete, är inuti ställningarna här. Det blir så ensamt om natten när arbetet tystnar. Jag slår med styva instrument mot elementet men det uppstår ingen verklig klang, inte en sådan som förmår tränga igenom bindväven. Jag ska lära mig att bada igen, då har jag åtminstone nått igenom de första lagren av kyla, men att röra sig bort ifrån bostadsområdet tycks omöjligt.

Förut visste jag hur det går till att resa. Kanske skulle jag fortfarande klara av att åka långt eftersom resan i sig då utgör en sorts flykt; det är de korta avstånden som skrämmer, *pendlingsmöjligheterna.* Att färdas samma sträcka fram och tillbaka under en dag varskor mig om döden. Hela tiden och särskilt nu, när jag inte har några tänder i mitt ansikte.

Döda ögon i lysrörsljus. Tjugo minuter till stadskärnan.

Det här är ett ärligt brev till människor på tåg, som av naturen är mina älskare. Vi måste källsortera avfallet vi lämnar efter oss. Vi måste lämna minnena kvar när vi stiger av. Jag tänker på Marguerite och familjens naiva sömn, främlingens händer på hennes orörda kropp. Att jag aldrig kommer att leva ett sådant liv. Jag ser på fasadarbetarna som röker i blåsten. De bär neonfärgade kläder. Min hy hade blivit askgrå i sådan mundering.

Jag är trött på att vara konstnär, och att inte vara det. Inte leva. Vad är ett liv? Och breven? Jag skickar dem inte, eftersom de inte blivit skrivna ännu. Det finns platser jag kan gå till där man känner igen mitt namn och det köttiga midjepartiet som sitter fasthakat vid titeln. De ger mig rabatt på allting: kakor, vin. Jag äter ingenting annat numera. Därför är jag tämligen fet.

Det här är ett fragment av brevens förutvarande motiv, att portionera ut till sådana som fäst sina ögon på min panna. Vinterns sista minnen förpackade i

äggskal. I alla städer ska jag glömma mina älskares
namn och sedan reser vi. Att jag fött barn förändrar
ingenting. Mödrars tårar består av vatten.

Kan du vänta på bodegan, du vet vilken? Ägaren odlar
sina vindruvor i trädgården. Jag kommer dit när hösten
redan pågår. I maj. Vi väntar varje eftermiddag och ser
cykelturismen avta genom fönstret. Vi har levt inuti ett
författarskap och jag ser inte längre några skäl till att
sluta, eftersom inga verkligheter existerar bortom
orden. Ändå skriver jag inte brev, eftersom jag inte vet
vem jag ska skicka dem till. Alla mina älskare är döda
hundar utan framtänder. Det här är ett ärligt brev till
avhysta kroppar. Det här är åtminstone ett brev, utan
kanter och svar. Det här är åtminstone. Det är mer än
man kan säga.
    Vi har alltid väntat. Och sedan stormen, regnen,
blåsten. En kompakt molnbank över land, tillfälliga
bosättningar och löken i jorden. Det finns ingenting
som heter *permanent bostad* – det som är evigt behöver
knappast repareras för att fortgå. Alltså återstår bara
förvaringsutrymmen där vi stoppar in våra kroppar om

natten. Ingen plats för liv. Förstår du? Jag sitter här eftersom det är enklare än att stå, men det säger ingenting om var jag befinner mig. Människans tankar är hårtestar som faller framför ögonen när hon sammanfattar sitt liv precis före döden.

Det här är ett ärligt brev till alla som glömt mig. Er vill jag gratulera med storslagna gester.

Den här staden

Den här staden. Är detta min plats? Jag kom hit för att
göra den till det. För längesedan. Den här platsen. Den
var främmande för mig då, på sättet en dröm är okänd.
Oklarheten är inte beroende av morgonens ankomst.
Nu har jag och staden blivit gamla inför varandra, och
kanske är detta mitt sista fönster.

Nej – jag nedtecknar lögner. I själva verket har jag
omöjliggjort en avfärd. Jag har alltså förvägrat mig min
enda verklighet.

Det här torget har varit någonting för mig. Först
var det en okänd yta, sedan blev det till en plats för
väntan, varierande anletsdrag och cigarettmärken
under paraplyer. Senare en symbol för ett liv som skulle
göras möjligt, trots allt. Det är samma toppiga bröst
och pärlhalsband på ärgade statyer. Samma regn.

Jag ville ge mig av idag. Många gånger har jag velat
det, och gjort så. Farit. Det spelar ingen roll vad som
finns i väskan, det ordnar sig. Jag var världsmästare i
plötsliga försvinnanden. En handväska på nattbussen.

Sedan syns den inte mer. Varför åker jag inte? Jag vet
hur det går till. Jag skulle kunna lämna den här staden,
idag. Men snart måste jag återvända. Det går inte
längre att resa med ett mycket lätt bagage. Inte i ordens
verkliga mening. Jag talar inte om resan som transport,
utan själslig verksamhet. *Nomadiska singulariteter i omlopp.*
Vansinnets partikelfysik.

Det är alltid höst här, och den är alltid såhär grå.
Avlagrad. Överanvänd. Hösten tillhör någon annan,
inte människorna. Vi vet inte hur vi ska bruka den rätt
så vi sliter ut den.

Hör du: hösten blev varken din eller min. Det
spelar ingen roll hur många kroppar som passerar vår
säng. Hösten tillhör inte oss, och inte dem.

Regnet slutar plötsligt att falla, men det ändrar
ingenting. Sådan är tystnaden: likadan. Alternativa
städer flyger igenom mitt huvud, alternativa slut.
Platser där jag varit och sådana jag skulle kunna åka
till. Inte för att stanna.

Jag har alltid vetat hur man gör för att resa ensam;
man gör det utan tvekan. Som med kärlek eller ord.

Förut skrev jag mycket dåligt och kanske är det likadant nu. Men en sak vet jag: det var inte för att skriva jag kom till den här staden, inte då. För att skriva åkte jag bort. När jag återvände var det alltid efter ett misslyckande.

Det jag gör nu är inte försvarbart. Tidigare var det möjligt att finna stöd för mina val, nu är jag ensam på den här platsen. Det finns tider då ens vänner inte står ut med att höra på vad man har att säga, och sedan är de inte längre vänner. Då har man regnet.

Den här staden; jag vill den inte. Först ville jag tränga in i den men då var jag gränslöst ung på ett sätt som nästan inga människor har varit. Vad jag menar är att när jag var ung var jag verkligen tom. Det fanns ingenting inuti mig. Jag kom till staden för att bli botad. I de eftermiddagarnas tunna ljus strök jag utefter fasader. Den här staden har aldrig låtit sig intas, inte av mig och mina gelikar — i den mån jag har syskon.

Någon gång föll jag nästan igenom ytan, bara för att återföras till min plats. I sådana här städer finns det alltid för god tillgång på poliser.

Mitt paraply: det är kvar. Hemma, i den mån det finns något hem att tala om.

Det här regnet; vi har sett det förut. Det var inte farligt då, lika ofarligt som nu. Därför hatade vi det. Vi reste bort. Vår största synd var att komma tillbaka.

Du missförstår vad det är som utgör bristen i mig. Jag behöver biljetter, skrynkliga i kappfickan. Till föreställningar och nattrafik.

Små oändligheter varar aldrig tillräckligt länge. Mitt kaffe har kallnat igen. Jag kräver enorma händelser men barnet växer i lönndom, utan att säga till. Hon äter.

Du sjunger om nätterna och jag önskar dela din röst, lika sprucken och falsk. Mina toner flyter rena genom ett tomt universum där ingen vill bo mer. Det har jag ingen nytta av. Varje dag ville jag sjunga men när jag fick lov kom inga ljud.

Vi har lärt oss att skriva som varandra. Ingen kan skilja våra ord åt. Jag är ödelagd.

Den här staden sveps i regnet den lärt sig leva med. Det
faller alltid likadant, ovanifrån. Människorna väntar
varandra på sitt torg, och kanske tror de faktiskt att *detta*
är det enda torget som finns. Det är fullt möjligt att det
är så, fortfarande.

Du och jag har rest bort för att slippa se dem:
människorna. Vi trodde att vi var annorlunda. Det tror
alla. Att just de välsignats med klarsyn.

Du säger att bristen är någonting som går att läka. Du
har alltså inte lyssnat, ingenting. Inte på vad jag sade.
Du trodde jag menade allvar med praktiker och
tidsangivelser. Du förstod inte att jag menade: precis
det här. Sömnens korta infall innan natten träder fram.
Rörelser av kroppar i mörker. Ögon som ska tåras och
torkas ut igen. Övergivna gårdar. Bensinmackens
långsamma vrål ut i ett universum som ingenting hör,
ingenting känner igen.

Jag har stått på det här torget med cigaretter
mellan darrande fingrar i upprepade försök att höra till.
Jag har klätt mig i alla sorters höstkappor. Jag har
glömt bort en snöstorm och startat ett krig. Jag har

stavat fel till flera olika efternamn och bett om ursäkt för sent. Jag har varit försvunnen.

Du tror dig kapabel att erövra mina förlorade minnen och göra dem till dina. Det kommer inte att gå. Jag säger igen: *det är omöjligt.* Nästa gång vi reser är sista gången. Vi gör det för hennes skull, eller vår egen. Vi gör det, för att det är vad vi alltid gjort. Köpt biljetter.

Till sist var det allt vi hade gemensamt: dessa skrynkliga rester djupt ner i fickorna. Och ett barn.

Brev till fadern

En sista strömvirvel av ljus innan natten träffar
landskapet, blir till värme över rabatterna i ett kvarter
där skriken ännu inte klingat ut. Människorna åtrår
varandras skatter utan att bli till verkligheter. Nätter
samlar minnen att bära innanför västen som fickpluntor
till svårare dagar; jag har fortfarande inte lärt mig vad
det innebär att stanna upp ett ögonblick hos den sista
glöden vid en av alla dessa cigaretter, och bland tomma
lekplatsers gatlyktor fråga mig vad kärleken skulle
kunna innebära för dem som saknar fastslagna
anletsdrag. Det finns inget hav här.

Jag har färdats genom landet utan resplan för att
nå fram till en balkong där gamla vänner återupprepar
sina misstag i andcfattiga tappningar vilka dc förväntar
sig ska intressera mig, trots att tiden vi levt åtskilda gjort
mig till en annan. Fotografier löper som tisteltrådar
över erorna och mina tygskor står och vittrar i hallen.

Pastan blandas med bladgrönsaker och jag är
ensam på ett påtagligt och oantastligt sätt när jag
återigen rumsterar i skåpen för att undersöka

invånarnas förehavanden.

Den här staden är större men världen lika liten var man än befinner sig, livets förutsättningar torra och legala. Plikten botas med mjöl i utslitna händer. Man har funnit sin plats, men jag sover inte. Inte i natt och inga andra nätter.

Jag lyssnar till takställningarna som inte rör sig och på nattens ensamma flygrutter när ännu en ankomsthall blötläggs i mediokert lysrörssken. Händer sluts kring handtagen på resväskor som inte minns var de varit och aldrig anar vart de ska. Kommer hit för att stanna eller åka vidare, det gör ingen skillnad. Inte nu.

En sista öl vid ett sista bord och kyparen rör sig alltid för långsamt. Minnena jag bär på är aldrig lika tydliga som bordsdukar och förresten luktar det instängt här, fastän omslagsplasten just forslades bort. Jag är antagligen full – det är därför jag redan gråter.

Har stått på tå hela dagen för att nå upp till spegeln där jag kan betrakta mina pupiller utan sorg och berusas av medkänslan de erbjuder. Ingen förstår mig som jag, men jag förstår nästan ingenting längre.

Hela livet är en verksamhet formulerad av korta hesa
kvällar och långa tysta rop, tills de gröna oliverna torkat
ut i sina skålar och jag verkligen hunnit ikapp mina
hålögda fantasier.

Det är inte meningen att låta melodramatisk när
jag med torra öron telefonerar till dig, ändå hör jag hur
versmåttet haltar. Saknar ord utan stavelser och
böjningar som inte tillför någonting ont till en redan
bottenlös sommar.

Här går människorna omkring och mäter ut
kvadratmeter till kilopris utan att egentligen betrakta
rabatterna ovanifrån, som en tavla.

Jag minns att vi promenerade genom Buenos Aires
men det var alldeles för varmt runt den kullslagna
asfalten. Ditt hår blev krusigt i vinden. Ansikten
strömmade motsols in i timmarna tills jag lamslagit min
häpnad med faktiska vittnesmål.

Mitt namn står skrivet överst på flera listor och
ändå är jag lika osäker som i barndomen kring min
egen betydelse och varats mening, på ett rakt igenom
osympatiskt sätt vilket jag aldrig helt lyckats göra mig

kvitt, emedan jag alltid strävade baklänges in i en
källargång. Se: jag tog tag i hans hand och visade.

Nu är natten alldeles blå och tvär, tyngd av
sprängfyllda meddelanden. Vi mäter avståndet genom
provisoriskt uppdragna linjer eftersom gränserna regnat
bort. Vad jag verkligen vill ha sagt är att vi avtar i
styrka medan ljuset faller undan, och att varje bostad
besitter sin skrivna lag.

En sista fara att somna till. Jag vill inte leva som nomad
utan att få betalt för besväret, men packar likväl
samman tillhörigheterna och glömmer bara det mest
väsentliga i lånade trappuppgångar utan mosaik.

Utanför strömmar landskapet in som en ormvråk i
mina knäveck och låter den inre amöban skaka; jag ska
inte lära mig någonting, inte här. Du är klar med att
definiera användningsområdena och jag är full på pasta
och vegetariska fantasier.

När du ringer är det bara för att låtsas att
månaderna inte gått och blivit till hänglås. Jag lägger
på luren med emfasen hos en kutryggig lantarbetare,
tre generationer tillbaka. Misstror alla ordningsivrande

mjölhänder som sänkt sig över trottoarerna för att
beröva natten sin tvångsmässiga prägel.

Jag minns ett fönster där det alltid lyste, tvärsöver
gatan från vår inrökta lägenhet. Skuggorna som
avtecknade sig mot väggarna därinne tycktes utföra
rörelser på prov. En undersökningsinstitution för
kroppens begränsningar, aldrig möjligheter.

Vi satt nedsjunkna med vår barbröstade gitarr i
sanden och sjöng för de ryska studenterna ända tills
polisen gick till anfall för att tömma stranden på liv.
Våra bara fotsulor mot den initiala hösten, regnet som
föll och brödet vi åt. Jag minns nästan ingenting.

En sista timme av virila bokstäver innan natten är utom
räckhåll. Vill alltid ha mer fastän jag inte vet hur
mycket som krävs, men skåpen gapar tomma och på
madrassen andas framtiden. Jag får inte gå in utan att
tvätta händerna, kan inte hålla på såhär. Hon badade
idag och vattnet porlades runt låren medan hennes
skratt ramade in strandkanten.

Trädens skuggor skrämmer slag på mina ögonlock
men magen vilar i frid. I längden är alla alternativ lika

ohållbara eftersom de kringskär möjligheten att resa sig upp och utan förvarning försvinna in i benmärgen på en förbipasserande baryton.

Har kysst fantastiskt många män av olika valörer i operahallar men aldrig visat min rätta sepiaton, sådan den skimrade innan kroppen blev stum. Det här är ett sista flyktförsök innan natten sveper in sommaren i en kulör vi aldrig slutat hata.

Jag minns dina ögon när du låg under björkriset och svirrade som en kanotist vars största framgång utgjorts av basala överlevnadsstrategier; mycket ung och brunstig, utan att le det minsta. Det existerar en buktning i tiden vilken jag låtsas inte se, fastän den ligger blottlagd och redo att examineras av första förbiilande tunga.

Dina skor finns sparade, de står i hallen. Du har redovisat dina smetiga förehavanden i ett kartotek som levererades i förrgår. Trehundra fotografier men nästan inga anteckningsblock. Vem tror du att jag är? Vi har sparat sommaren bland kylskåpskalla matrester men aldrig lärt oss att be årstidsväxlingen om klara besked.

En sista latent bordsgranne att återknyta kontakten
med. Jag ringer och du svarar att sjön ligger fullständigt
stilla, som den inte gjort på åratal. Det är uppenbart att
du ljuger men jag väljer att tro dig för vinddragets skull,
när fönstret plötsligt blåser upp och förklarar att vi
besökte en kyrka förra sommaren där jag satte mig vid
pianot och improviserade en vals bortom rimliga
proportioner. Utanför låg hettan tät och gestikulerade i
gruset men inuti träbyggnaden var tiden ännu hel.

Vi for till herrgården iförda våra muntraste dräkter för
att beställa fisk och talade om körsbär nästan utan att
förstöra glädjen, medan barnet sov ut under bordet.

Trots alla scenerier kommer man till slut till en
punkt där ölen bara är en fukt att skumma hakan med
och kärleken ett brokigt koncept utan tillstymmelse till
kontakt med söndagseftermiddagar på förstädernas
thairestauranger. Jag skulle vilja lära dig ett nytt språk.

Natten gapar fruktansvärt oanvänd där den ligger
och guppar i dagens efterdyningar men jag förmår
ändå inte resa mig upp för att blåsa ut stearinljusen.

Det här svaret kommer som ett stänk av grovmalen
svartpeppar mot gommen när måltiden redan är över.
Våren är alltid för lång.

En sista nattlampa av sand innan avskedet träffar
trumhinnorna som ett pistolskott av upprepade
filmsekvenser utan sång. Jag önskar att det fanns tid för
att tala men allt vi har är silverfärgade tystnader.

Simhuden blänker till innan jag slutgiltigt stänger
balkongdörren. Det finns inget hav här men jag tror att
regnen kommer tillbaka.

Modersepidemiologi

I.

De flyttar runt i sina lägenheter. Om nätterna är de
vakna och på dagarna är sömnen lika vid som gröna
violers dans över trädgårdsberget.

Man har sett dem, betraktat på avstånd, ja – även
kartlagt. Instruerat praktikanter i konsten att
fotografera mödrarna. Det är inte svårt. Ingenting är
obegripligt nu när sjukdomsförloppet katalogiserats.
Allting går att indela i beståndsdelar, som sedan klyvs
och blir till mindre beståndsdelar, som sedan klyvs.
Allting går att förutspå.

Deras sånger i mörka rum för kropparnas andetag,
dov vällust och sötaktig doft. Nattens återtåg innebär
ingen vila. Vaniljhud och lata ögon.

Små varelser sover inmurade av drömmen, stora
tunga skator hukar invid väggarna och klöser mattan.

Mamma, borta.

Strövtågen företas mellan hållplatskurer och
ytterdörrar, dit man vallfärdar för att be om råd, kakor
och kön.

Man står vid alla dygnets tider utanför fönster och
knackar, man knackar in i evigheten. Blir insläppt och
får en kopp te vars påse återanvänts i så många faser att
smaken urlakats; aromen stammar direkt från den
odiskade koppen.

Man sitter på stolar och vägrar gå. Låtsas inte se
deras organisatoriska anspråk och nyligen införskaffade
sandaletter. Tror att cigarettröken på deras händer är
var mans rättighet att se sig som orsak till.

Man tar en kaka till.

De flyter ovanpå vattnet och stirrar upp mot bron,
pulserande trafik på väg, lastbilarnas rotade vrål i
magen, galopperande hundar, en cyklist avtecknad
emot den första sommarhimlen.

Det finns inga årstider här, bara grytlock. De
dyker och finner alla kvarglömda tumvantar som
virvlade bort i snön. Önskar att tiden inte var så kort.

En hoppborg har exploderat i norra Spanien,
informationen ringlar genom radion. De tänker att
räddningen aldrig är större än en hårsmån, men skattar
sällan lyckan i vikt.

Små varelser vaknar i mörkret. Har ännu inte
flugit tretton meter upp i luften för att landa i en hög av
krossade ben och dömda drömsekvenser.

De ringer från kliniker för att be om antipati, ifrån alla
landskap.

Mamma, vila.

Vändpunkten är en stuvad ålderdom. Annars
fortgående lämmeltåg, knack, händer mot rutor som
ber om svar, aldrig går, ledsna hundar i ögonen,
timmarna av förklaringar. De vill gå därifrån. De kan
inte gå. Är instängda i sina egna kök.

Man sitter och väntar på att deras försvar ska falla
i bitar, ner bland gurkstavarna på linoleummattan.
Man sitter och äter upp. Man sitter kvar. Låtsas inte
förstå deras gäspningar och fasoner, man tror att

flykten är ens egen plikt att bota. Vad värre är: man
tror sig vara ämnad för denna uppgift. Född av kvinnor
utan vare sig samvete eller katakomber.

Allting de skapar utgör ett destillat, men de vet inte av
vad. Raffinaderierna går på tomgång. Klockan blöder.

Mamma, mamma.

Deras demografi är renrasig och rabiat, ett släktskap
bortom lagen. Livsavgjutelser.
        Små varelser gråter i sömn och vakenhet, sträcker
armarna mot köksöarnas räddning, lever ut och
omkring. Rättfärdigar mödrarnas existens genom sin
blotta närvaro i hålrummen.

Restaurangägaren är förvånad: hoppborgen var
nyinköpt.

Man låter ana sitt intresse, står redo i natten med
champagne och jordgubbar som om sådana attiraljer
inte vore alltför uppenbara. Väger lätt i handen. Dröjer

fast vid omfamningen som var menad att markera
slutet för samvaron, man låtsas inte höra, man låtsas.

Deras försvar är inte tillräckligt hållfast för att
respekteras; man förmodar att de snart kommer ändra
sig. Tar deras kyssar för löften trots att läpparna är
avflagnade löv som sprids för vinden. De kysser lika
omedelbart som de glömmer, förstrött, utan att ta notis
om sina handlingar.

Man förstår inte. Ingenting. Tror sig vara utvald.

Små varelser har fuktfläckade kläder och grus i
mungiporna. Andas sötvatten i nedsläckta kammare.

Mödrarna älskar INGA ANDRA än dessa
människobarn. Ändå tror man att de snart ska kullkasta
sina grundsatser, ropa efter uppmärksamhet, truta med
munnarna och be om förlösning.

Man skriver ett brev. Man väntar inte på svar.
Man kommer ändå, står återigen på trappan och bultar
med hela hjärtat. Mödrarna önskar byta adress till
okänd ort under jorden. Man skulle följa dem även dit,
erbjuda sina tjänster; kanske lite belysning och värme i
jordhålan. Cirkuskonster.

Ingenting är gratis, aldrig, aldrig, aldrig.

Simhuden växer till gigantiska hudavlagringar att snubbla på.

Mamma, glömmer.

Det finns inga gummistövlar som passar sådana fötter och förresten är lekplatsen borttappad och ödelagd. Barnen häckar i vassen, mödrarna binder kransar, löven brinner, årstiden fortgår. De tänker på sina förlorade spegelbilder.

De tänker mycket, hela tiden.

Man ser dem på håll och spritter med mungiporna. Utan barnen hade mödrarna varit förlorade här. Små kroppar fungerar som sköldar.

När små varelser sover blir mödrar till lovliga villebråd.

De flyttar runt i sina lägenheter och letar efter adjektiv. Deras huvtröjor är magra kaniners andra skinn. De flåsar sig själva i nacken.

Mamma, glömde.

Det är kvarglömda kastruller som står och kokar för
ingen, lanternor på tomma vatten. Omkring spisen
härskar rovdriften. Inuti spasmerna bor en liten
kontrollmekanism. Man har läst in sig på teorier som
väntas förklara varför mödrarna dröjer.

De ringer till alla uniformerade yrkeskårer för att
anmäla sig själva när åskan går bet på upphandlingen
om natthimlens största dramaturgiska satsning för
säsongen. Har inte hört talas om stroboskop, fastän det
vore praktiskt att natta kropparna med.

Plötsligt lyses fönstret upp och utanför står man, stirrar
in. Med vidöppna ögon och hungriga händer.

Man frågar efter mellanmål. Nyligen införskaffade
lägenhetskontrakt på olaglig kredit. Man håller inte
tiden, den kommer ändå – i formen av en natt. En
enda.

Man säger det igen: EN ENDA NATT. Som om
begränsningen i sig utgjorde såväl ett självändamål som
en friskrivningsklausul för önskningar bortom
proportionernas rimliga hölje.

De bygger försvarsmurar av clementiner, klasar av fruktskal, avokado på rad. En vegetarisk fästning att dölja avkomman i. Små kroppar täckta av fröer. Små mödrar täckta av skam.

Man vet ingenting om skammen, antar att den är temporär, en kokett midsommarnattsdröm att vallfärda från dansgolven i sällskap av. Man skäms aldrig. Anser sig inte ha någonting att skämmas över. Man sade ju bara vad man önskade, som det var – sedan när är sanningen ful?

De flackar in och ut ur sömnen. På vissa frågor finns det inga svar. De är tunna på det sättet, svalor utan hemvist. Lekfulla trastar utan innebörd. De är bara människor. *De* är människor. *Man* förstår inte: tittar på kvinnor. Med stängda ögon. Fantiserar med händerna.

Försäkringen täcker förvärvet av en ny hoppborg. Barnens föräldrar får lunchkuponger som plåster på hålrummen och snart har tidningarna glömt.

II.

Bredden mellan axlarna har uppmätts till fyrtiotre
centimeter i sömnen.

Järnbristen är monumental. Sjukdomen börjar som en
bristning i medvetandet men sprider sig genom
saknadens katakomber tills den kontrollerar hela
mellangärdet och de därtill hörande delarna. Uppfyller
könet med vemod.

När endast tomrummet återstår genljuder klagan
inom patienten.

Man kan uppfylla munhålan med sand för att
stoppa ljuden från att störa grannarnas sömn. Man kan
låtsas att ljuden inte finns.

Under dräktigheten låg hon ofta på badrumsmattan om
nätterna och ylade. Grävde med händerna i stora
skålar, fyllda till bredden av kastanjer.

Kastade assietter in i den mönstrade tapeten, men
allting gick att bortförklara med hormoner.

Hon satt på överdrivna rokokostolar och rökte

torkade växtdelar utan att klä på sig, med magen
buktande som ett fuktigt äpple.

Det fanns inget språk för henne då, inte för någon.
Genom befruktningen hade hon mist sin förmåga att
tala med hundar.

Tog tåget norrut för att stå på upplysta scener och
drog fram alla gamla verser hon lärt sig utantill,
fraserade kutymerna med en oerhörd lättnad över att
fortfarande vara vid liv, men utan stuns. Blev utbuad
och negligerad, en ensam nykterist invid firandet.

Bullmammans första nederlag.

Hårbotten är torr och irriterad. Patienten kliar sig när
hon går på trottoarerna för att nå fram till snabbköpet
innan stängning. Kvarteret vaktar.

Restaurangerna tänder och släcker utebelysningen
för att kontrollera att den fortfarande fungerar.

Det kan vara december. Man vet inte.

När sjukdomen verkligen fått fäste talar ingen om
hormoner mera.

Man ska ta henne med för att visa kusten där kaféerna
ståtar med enorma våfflor, sylt och vispad grädde,
fluffiga moln trivs längs horisonten.

Hon ska få se. Äta näringsrikt och fettberikande,
sova bort ränderna ur armvecken, sträcka ut
halskotorna och masseras tills det inte finns någonting
att massera mer.

Bli en ny människa i alla delar.

Man ger fan i planens orealistiska skimmer och
fyller på mer motorolja.

Om benen måste gipsas för att hålla patienten i stillhet
får det ske.

Bind lakan för fönstret för att förhindra flyktförsök,
trampa sönder tårna, försegla, förträng, förminska.

Lär patienten att förbli en människa av kött och
aldrig blod.

Torka rent alla instrument noggrant och byt ut
kläderna efter varje toalettbesök. Sterilisera nålarna
innan de återanvänds.

Natta henne dagtid. Lägg kroppen i djup sand.

Sorgen har uppmätts till fyra kilo mellan axlarna. Två uppskrapade knän och en knäckt näsrot.

När blodet runnit ut kan man prova att ersätta det med morotsjuice eller jordgubbssaft, vilken rödaktig vätska som helst. Tomatpuré.

Det är viktigt att man täpper till alla hålen så att ingenting mer kan rinna ut sedan. Skalet måste ge sken av att alltid ha varit gnistrande nytt. Då kan det återanvändas i oändlighet.

Utbredningen av sjukdomen är monumental. Det är vår uppgift att stoppa den, och i en sådan kamp måste alla medel vara tillåtna. Antibiotika och karameller. Salpetersyra. Kaffesump. Kondomer.

Snittytan är precis så stor som den måste vara när första kniven träffar höljet av hud och tränger in i patientens smittohärd. Lagen lika tänjbar som gummimasker.

Man får inte låta barnen explodera.

III.

Sommarstaden ligger gråsprängd och lapar lättja från
trottoarerna. Här finns inga ögon mer, bara ben mot
gräsmattan och enorma händer att omforma kroppen
med. Skopor öser glädje. Han lutar sig över henne och
paketerar huden långsamt, som en bit sushi. Tar
strypgrepp på allt det nyklippt varma utan att
formulera en ursäkt.

Honorna flyr sina förföljare genom att hänge sig åt
nästa frivilliga fångvaktare på tur. Barnen är inte
hemma.

Tygskofötterna får fart ovanpå asfalten och nästan
lyfter. Villaträdgårdar flyter förbi, grillade drömmar,
välbetalda uppfarter. Stängt i kiosken och ingen glass;
livlinan bruten utan förvarning. Urvattnade löpsedlar
berättar om regnet och förlusterna.

Det går att lägga sig ner för att invänta förändring
eller stå kvar med ödelagda visioner och knapra på en
utnött möbelkatalog.

Den här sommaren skulle hon flyttat till Galicien; ändå sitter hon kvar med köksfönstret öppet mot precis samma himmel. Kokar mera kaffe och fyller glaset med isbitar som genast smälter och tunnar ut vätskan. En blaskig sinnesnärvaro tar vid.

Söker efter gamla utvägar att undkomma ledan med men utarmas av sorgens omfattning och slutar därför att läsa tidningen på ett mycket resolut sätt, från den ena dagen till den andra. Hör inte ens på radio.

Börjar och slutar röka flera gånger inom loppet av en vecka. När dörren in till sovrummet är stängd blir det omöjligt att veta om barnet är där eller inte. Tystnaden är för stor för tiden.

Mammor är människor med simfötter på huvudet och fika i famnen. Sommaren stänger alla fönster. Bilarna ropar tomgång invid badplatsernas parkeringar medan barnen slukar isglass och speglar sig i varandras blanka magruteschack.

Solnedgångarna infinner sig bara för att avlösas av soluppgångar.

Hon sitter kvar. Utan hud under ögonen. Riktiga mödrar använder andra ord för sorg eftersom de lärt sig att tiga om det som verkligen når hela vägen fram.

Hon har inte lärt sig. Inte alls.

Det finns lappar på snabbköpens anslagstavlor där människor letar efter varandra: sångerska sökes till nystartat band.

Hon svarar och får komma för att provsjunga i en nedgången tvårummare tjugofem minuter utanför centrum.

Inser snabbt att alltsammans bara är ännu en förklädd kontaktannons men vågar inte säga det rakt ut, så hon sjunger med en röst hon trodde sig ha grävt ner för längesedan, raspig och kvav.

Ett medfaret crescendo som sveper in diskbänkens flottiga porslin i lugnande ridåer.

Allting är *nästan som på film* och då gör det kanske ingenting att bandmedlemmarna tittar mer på hur hennes kropp är beskaffad än vad de lyssnar på rösten; förresten vet de säkert ingenting om musik. Inte sådan hon sysslat med.

Gör ingenting när de drar tillbaka henne in ifrån

hallen, skalar av vinterlagren igen. Med våld den här

gången.

Gör absolut ingenting. Bara att ligga mycket

orörlig och låta tiden ha sin gång.

Stjärnorna ser ut som förut, lika tysta och färglösa.

Sömnen är en vän som endast kommer till dem som tar

dess ankomst för given.

Hon är hellre bortglömd än död men skulle ändå

önska att någon ringde, en dag. Vet såklart redan

allting om varför ingen gör det fast slutar ändå aldrig

att hoppas.

Sitter på det där dumma sättet med telefonen i

knäet och håret utslaget, som om scenografin i sig

utgjorde en lösning på det mest antika problemet.

Ensamheten är hård och kantig, ett monster att

vältra sig i sängen med.

Rösterna som ekar över gården tillhör inte personerna

som bär på dem, men alla andra. Hukande kroppar

bakom rutorna riktar in mottagningsfrekvensen.

Familjetragedi i en akt, komprimerad till minuter.

Åratal av tysta krig och sedan det utmärglade
tillståndet då hela historien verkligen blottläggs i sin
mest banala tappning. Repriseras bakom fönstren.

Sanningen är inte längre vad den utger sig för att vara,
och inte döden heller. Döden minst av allt.

Hon står med fötterna i rosenrabatten och skriker
sådana okvädningsord som gick ur tiden för åratal
sedan, utnötta fraser vilka blivit till komiska reliker,
kvarlevor från en annan era. Pilsnerfilm i buskarna.

Alla männen samlade i en ring som tränger
närmare, bildar ett garn. Vaggar lilla kroppen lealös.

Vem ska natta barnen när mamma sover?

Modersflykten

Du är naken och står här framför mig. Jag är avklädd på samma sätt som du; det vill säga att jag är avklädd enligt samma premisser, på ett förljuget och hämndlystet sätt. Utan att ta ansvar för min kroppskonstitution, och nu sjunker solen bakom taken dessutom. Vad ska vi göra åt det? Ingenting.

Vi flyter undan. Du fyller på i glasen medan jag stryker med handen längs balkongräcket och himlen tvekar en enda sekund innan färgerna exploderar på din bleka hud. Magen hänger slapp och tung mot jorden. Jag ska snart borra in mina fingrar i din mjukhet för att verkligen nypa dig, men än så länge håller jag avståndet och baktalar våra fantasier.

Det här är bara en lägenhet och vi är vanliga människor, med samma onda tankar som alla andra.

Jag drar in cigarettens sista löfte i munnen och bränner mig lite, känner röken orsaka förödelse på väg mot lungorna. Vill ha det så. Sommaren har kommit för att befästa min leda, och din.

Jag är outsägligt trött på nyhetsrabalder och missriktade
korsord, behöver onekligen bli fälld framlänges över
köksbordet ikväll. Vill att du håller fast mina armar tills
de värker, drar mig i håret och skriker alldeles lagom
obscent. Mina önskningar är naturligtvis klichéfyllda
men det är enklare att stå ut med klichéer än
verkligheten.

Jag vill att du beter dig som om du tog min oskuld
med tvång. Den tomma spjälsängen i rummet ska du
inte bry dig om.

Dina ögon ser matt på fasaden mittemot och väger
ljuset i pupillerna vilka drar ihop sig i flackande
flämtningar, men jag känner dig alltför väl för att ta
notis om ditt livsförnekande suckande. Tids nog ska jag
få dig dit du vill.

Hettan över kvarteret är mycket tät, mycket
långvarig. Jag har stått i duschen hela eftermiddagen
för att försäkra mig om min egen överlevnad men nu
fläker kvällssolen ut sig och en svag bris smyger äntligen
in mellan huskropparna, och våra kroppar. Vinden
skapar det enda mellanrum vi behöver. Jag ska utvinna

svetten ur dig tills du inte minns ditt eget efternamn –
du ska få se. Jag vet vad du går för när det verkligen
gäller; fem knytnävsslag och jag kommer tacka dig.

Dina böcker ligger strödda i hallen, sådana du påstår
att jag bara lånat men som jag trodde mig ha fått i
gåva. De har stått här i flera månader men nu planerar
du att ta dem med dig hem, allihop på en gång. Jag
kunde inte bry mig mindre för jag har aldrig försökt
läsa en enda av dem men ändå protesterar jag, för att
göra dig arg. Förmå dig att slå till och därigenom väcka
liv i ditt döda kött.

    I natt, denna natt. Som vi håller på. Det här är
återupprepningen av ett tidigare liv men jag tycker
verkligen om hur dina kalsonger blivit sladdriga i
resåren, ett bevis för att du helt tappat greppet nu. Jag
kan styra dina rörelser med ögonen om jag verkligen
koncentrerar mig men jag orkar inte ännu.

Du ler sådär fåraktigt och sträcker ut båda händerna,
kommer emot mig med skägget på skaft. Leker med
tanken på ett bakslag. Jag vill inte ha dig för leendets

skull men för längden på armarna och könet. Du är en hud och jag är töjbar. När vi närmar oss varandra är det i uppsåt att utplåna minnet av våra första anletsdrag.

Jag drar dig djupt vid midjan men lämnar inga spår eftersom jag vill att beröringen ska vara lika onåbar som en vågrörelse precis innan mötet med stranden. Inga bevis får bestå. Däremot kräver jag dina tummar hårt pressade mot min hals och minst fem blåmärken på låren; annars är det här inte värt någonting. Jag måste framkalla ett brott värdigt att rapportera.

Nu sjunker solen snabbare och stanken av grillade kotletter lamslår min näsrot. Jag blir alldeles stum och måste krama runt räcket, sträcka mig efter en stabilare värdegrund. Du tar mig om höfterna och slår min mage precis lagom vårdslöst in i metallen, kletar saliv över min brunbrända nacke tills jag glider mellan versalerna på ett uppfordrande vis. Dina fingrar gräver metodiskt fram lögner ur glömda skavsår medan solnedgången fortsätter att utföra sin blanknötta repertoar framför oss.

Jag är beige och lakonisk innan du är färdig, en persikoklyfta redo att serveras. Du försätter mig i underläge utan att befästa lögnen med sång.

En galge som tränger igenom alla lager och träffar där det gör som mest ont. Jag vill ha dig nu, vill *verkligen ha dig* för att du är den enda människa jag någonsin mött, jag menar *verkligen mött* – som kollisionen mellan dyrbara planeter.

Jag vill att du ska äta mig så att jag kan bli en del av ditt livlösa kött vilket hänger i druvklasar runt benstrukturen. En gång i tiden arbetade jag på kontor men det är längesedan.

Minns första gången jag såg dig: du var hög. Lång och hungrig. Jag var mamma till ett bortrest barn.

Vänj dig vid ledan. Mina tekoppar står alltid redo att bära fram mer meningslös konversationsteknik och de här händerna bär på en överarbetad dystopi för att mota bort lättjan hos arbetare. Om det inte vore för din

slagtålighet hade jag rest för längesedan, nu dröjer jag i
väntan på långtgående brännmärkning.

Du har stått vid hundratals fönster och rannsakat
dig själv i gryningen men det var bara en lek med
kollage över tiden. I själva verket lärde du dig
ingenting, liksom jag rusar genom rummen utan att
stanna. Trösklarna slår mot mina fotsulor på precis
samma sätt som din vänskapliga pung korrumperar
mitt ansikte. Jag är glad att få det här överstökat men
samtidigt högst närvarande och mer levande än jag
varit sedan Irinjas död. Du kan dina konster och jag
mina.

Att du tänt medhavda ljus får man förlåta dig för,
liksom jag har överseende med vimplarna och
sugrörsdrickan. Vi kan alltid hälla stearin över
varandra efteråt.

Som ett budskap till timmarna: gå – gå härifrån.

Modersljuset

Det är min mors ljus jag ser bakom ögonlocken när jag stänger dem, hennes inbillningar och fantasier. Hon stökar utanför (ögonens mörker), flyttar saker genom rummet. Jag har lutat mig tillbaka och förblivit i samma position hela eftermiddagen. På håll kan man ta min passivitet för sömn, men min mor vet naturligtvis vad det gäller. Hon låtsas inte om min vila.

Hon städar, det har hon alltid gjort. Skrapar bort minnen ifrån platsens ytor. I hennes ljus ser jag barndomen falla i bitar. Det är flera timmar kvar innan kvällen kommer och räddar oss för den här gången. Då kommer här att vara skinande rent som en obduktionssal före dagens första förevisning, när åskådarplatserna ännu gapar vidöppna.

Jag har slutit ögonen och glidit baklänges in i energin hon lämnade kvar hos mig. Det är en vacker omgivning för en dröm. Jag låter den ta mig, förleds att tro på sommaren.

Utan min mors torra händer finns ingen trygghet i

världen så jag greppar efter minnet av dem; en skeppsbruten måste tro på den murkna plankans frälsning. Jag omsluts av tysta vågor, ett förtvinat hav. Hon låter ingenting skina igenom fasaden där hon drar fram med sina trasor och skurhinkar.

Jag hör på hennes ljud och det är den vackraste melodi jag någonsin uppmärksammat, när hon sköljer bort den gamla tiden från fönsterrutorna.

Vad ska vi med varandra till? Inte bara hon och jag, men alla människor. Vad är orden till för? Jag väntar inte på att någon ska komma och ta mig härifrån. För varje eftermiddag blir soffan en alltmer självklar del av mitt liv, tills den kommer att utgöra min livsberättelse till fullo. Jag vegeterar inte, jag andas. Är en organism som fortgår.

Min mor vet allting om att fortsätta i samma invanda mönster. Hon låter ingen stund gå förlorad, alla minuter utgör arbetstid i hennes välorganiserade universum. Hon är rädd för sig själv. Om händerna arbetar låter hjärnan henne vara ifred. Jag känner min mor men låtsas att jag inte gör det, eftersom den rikliga

kunskapen hade gjort henne obekväm. Jag lutar mig
tillbaka och anammar tystnadens hölje, blir lika menlös
som yllefilten jag sveper mig med.

Jag ser ut som en sovande människa. Min mor
stryker förbi.

Våra öron är spetsiga katakomber som söker efter
resonans. Utan klangbotten förblir vi viljelösa djur. Jag
har irrat in i ett mörker som tillhörde friheten, bara för
att återvända hit.

Det finns inga svar bortom min mors ljusa handlag
med hemmet; hennes ögon är tidvatten som omdanar
världen och sedan låter allting återgå till det normala.
Jag visste inte hur mycket jag saknade henne under
tiden vi var ifrån varandra. Först nu, i den strilande
eftermiddagsgråten, är jag ödmjuk inför hennes
betydelse.

En mor kan aldrig förlora inflytandet över sitt barn
eftersom barnet är en utväxt ifrån hennes kropp. Nu
förstår jag att det förhåller sig så. Hennes naglars
märken är mina vackraste troféer att bära som bevis på
att någonting verkligen inträffade i barndomens dolda

landskap. Utan henne är jag en stum fästning utan
historia, kalla rum.

Hon har skapat det här huset och gjort det vackert.
Kuddarna bakom mig är mycket mjuka, jag rullar in
mig i deras förståelse. Jag skaffar en andra hud. Minnet
av min mor hade kunnat få andra barn att rysa, men
jag är trogen.

Hon bad aldrig om att få föda mig, jag kom som
en förvildad hund till henne, yvig och vildvuxen. Jag
bröt mig in i hennes liv på ett fullständigt okänsligt sätt,
som ett barn. Hennes gränser sargades av processen.
Det var därför hon måste resa bort. Nu när jag äntligen
vilar framstår sambanden lika tydliga som åskmoln.

Det är barnsligt att kräva tillträde till sina föräldrar, när
de redan har sina åsikter och intressen att förvalta. Ett
barn bidrar inte. Det rör sig utan narrativ genom
världen i väntan på att fyllas med färg.

Jag gick runt i huset ända tills min far dog. Sedan
skickades jag iväg, så att min mor skulle kunna komma
tillbaka. Jag vet inte vilket år hon återvände hit, eller

var hon tillbringat åren emellan. Huset stod tyst under novemberregnen. Vissa (av mina mest lögnaktiga mostrar) säger att hon vistades i Istanbul men jag tror dem inte. Min mor tycker inte om kaffe.

Det finns inget vackrare än en mors vägran att förbli i rummet, hennes ängsliga jagande efter vind. Hon förflyttar föremål och tar ner gardinerna, låter sommaren dundra in. Utan hennes händer går den här trakten förlorad.

Se: jag ska bara sova nu. Om jag kunde somna på riktigt, då skulle allting bli bra sedan.

Min bror vägrar naturligtvis att hälsa på, men man kan inte vänta sig annat av en sådan karaktär. Han har framlevt hela sitt liv i väntan på domen. Ingen kommer att välkomna döden lika frikostigt som han, med öppen famn ska han stå i dörren och ropa när den nalkas. Han har väntat hela sitt liv på att livet ska gå över.

Det stod vår mor inte ut med att se, hon som älskar livet med en hårdför överstes bergfasta disciplin. Hennes händer bearbetade vår historia för att fylla ut de tramsiga barnkropparna med sin egen betydelse, och han sprang därifrån. Proceduren upprepades. När hon till slut tröttat ut sig var han vatten som rann mellan fingrarna. Hon såg med avsmak på resultatet, eller snarare resterna utav det.

Hennes upphöjdhet motsvarade min brors förutbestämda förluster, och sedan dess har hans livsberättelse kantats av misslyckanden; förra året gick hans möbelaffär i konkurs, har vissa (av mina mest lögnaktiga kusiner) låtit antyda.

Himlen blir rosa utanför om sommarkvällarna. Jag väntar och vakar invid fönstret, men låter ögonen vara stängda. Det räcker med en glipa för att förstå innebörden av ett sådant ljus. Jag vill inte gå för snabbt fram med tiden, den kommer hit ändå och räcker alltid till. När kvällen väl är över oss slutar min mors händer för ett ögonblick att arbeta, söker sig mot teservisen. En uppgift byts mot en annan.

Hon sätter numera en ära i att göda mig, som vore hon skyldig att gottgöra gamla försummelser fastän jag inte håller någonting av det som hände emot henne —

inte ens de magra åren då andra barn skrämdes av min
uppenbarelse. På så vis har jag blivit svaret på min
mors alla tunnhudade fantasier, liksom hon utgör min
väg tillbaka in i tankarna.

Vi lever på porslinsfigurers vis precis intill
varandra, utan att någonsin gå över gränsen. Det är
varje mors självklara privilegium att aldrig berätta
sanningen för ett barn.

Vissa (av mina mest mångordiga bekanta) påstår att jag
står under hennes inflytande, men jag förstår inte vad
de ser för negativa aspekter i det.

Hon är min duva. Hon är ett slott. Hon är en egen
tidsaxel varur man kan utvinna hållfasta årtionden.
Hon är början på en ny era. Hon är mitt förflutna, och
framtiden.

Min mor har utgjort svaret för många människor men
hon vill inte veta av dem. Hennes längtan sträcker sig
bortom sociala konventioner, in i mig. Våra berättelser
löper samman i röda stygn över nattens bälte, när
mörkret äntligen drar in över land.

Ett barn som lämnar sin mor (vind för våg) är ett stycke kött utan mening. En mor som överger sitt barn gör ingenting annat än det naturen lärt henne, eftersom barnet övergav henne redan genom att födas.

Barnets rörelse bort från modern föregår hennes överlämnande av barnet till främlingar; alltså kan ingen anklaga henne.

Jag önskar att fler förstod det, särskilt vissa (tungfotade hypokondriker från min fars släkt) som antyder att min mor begått en särskilt stor oförrätt. Det har hon inte gjort. Här är beviset: jag, som ligger inlindad i salongens ljus likt en trind Kristusfigur. Vad mer krävs för att rättfärdiga hennes beslut?

Moderstystnaden

Jag springer inte för att komma fram, utan för att undkomma den urtidsvision som slagit rot i min hjärnbark, metodiskt berett sig utrymme. Detta är ingen vanlig försagdhet, det är tystnaden i dess ursprungliga form, sådan den var hos människorna innan talet gjorde sitt intåg och rubbade balansen för all framtid.

Hamnen ligger tyst såhär dags. Några spridda skurar av unga män försöker tränga sig igenom lastbilarnas presenningbeklädda bakluckor i hopp om att finna en väg över kanalen. När morgonen gryr ska de väckas av ljuskäglor i sina ögon, avvisas från platsen där de sovit i en sammansmält klunga. Men ännu härskar natten, hoppet, havslukten. Mina fötter rör sig taktfast mot underlaget. Så länge jag springer vet jag inte vad som är fel. Jag måste hålla mig i rörelse.

På avstånd hör jag bilarna forsa fram längs motorleden. Jag har funderat på enkla utvägar – det hade vem som helst gjort som fann sig själv i en situation liknande min. Men ännu är jag vid liv, eller tror mig åtminstone vara. En sorts existens. Det räcker för tillfället.

Min mors monstera samlar damm i den numera övergivna lägenheten. Den mäter över en meter, har sträckt sig hungrigt mot solen för att samla ork till att fortsätta expandera. Dess enträgna kamp pågick länge, ända tills jag ställde plantan i garderoben bland mina mönstrade skjortor, sådana jag inte längre använder, låste dörren. Adams revben måste veta sin plats.

Monsterans blad kan ge lättare sveda i mun och svalg, jag vågade inte äta upp den. Eller ville inte beblanda oss med varandra.

Min lägenhet: en nyligen upptäckt hybrid mellan tomrum och dammpartiklar. En avsaknad av det som borde vara. Jag låste dörren, stod inte längre ut med att betrakta min egen brist på liv. Jag syftar inte på de taffligt livsuppehållande funktioner som utgörs av blodomlopp, matsmältning, nervbanor, hjärtrytm, signalsubstanser, tolvfingertarm, avföring.

Vad gör alla människor med sin tid, jag är tjugonio år, har fortfarande inte åstadkommit någonting av värde. Vad som än gav mina dagar substans fram till april förra året – jag är fullständigt förvissad om att det var meningslöst. Hade jag ett arbete? Det är tänkbart. Jag måste haft tillräckligt med pengar för att täcka kontantinsatsen på lägenheten. Eller köpte jag den med arvet efter min mor? Vad som än fyllde min tid, måste ha varit av samma dignitet som: att vända papper, och sedan vända tillbaks dem igen.

Jag skulle kunna bli en av dem. En resenär i jakt på bättre livsvillkor; det skulle ge mig ett syfte. Men först måste jag förändra mitt utseende. Språket blir inget problem, eftersom mitt faller av likt en urväxt hud. Jag tror inte att det är möjligt för mig att lära ett nytt, men om jag dömts till evig tystnad känns det mer passande att vara omgiven av främlingar. Kanske kommer de att ömka mig, förmoda att jag varit stum sedan födseln. Det skulle ge mig en särställning, i brist på identitet. Den bleka, tysta mannen. Barnet. Den stumma löparen. Olusten. Man måste behandla den pestsmittade väl, låtsas att det obehagliga inte luktar.

Ett lätt regn har börjat falla, träffar vattenytan med små upprörda knytnävsslag. Som fostrets kamp i

magen, instängt i det trånga utrymme där varken ljus
eller mörker når in, underkastad moderns blodomlopp.

Min mor kastade sig framför ett tåg förra våren,
varför inte, det var egentligen väntat. Inte metoden
kanske, men hennes önskan hade stått i öppen dager,
avläsbar i tydlig textning rakt över de rodnande
kinderna. Hon såg alltid i marken, så långt tillbaka jag
kan minnas. Hennes ord kom i rännilar, fort och
plötsligt, knappt hörbara. Ett väsande som fick
omgivningen att överraskat vända sig om och undra
varifrån ljudet kommit. Ingen misstänkte den
oklanderligt blekblå munnen tillhörande en slank
kvinna med kappan hårt åtdragen kring midjan, där
hon stod undangömd invid ett träd, under en gatlampa,
längs med snabbköpets frysdiskar. Min mor kunde
gömma sig på ett öppet torg, människor såg rakt
igenom henne. Vad hon såg vet jag inte, hon höll
ögonen fästa i marken, betraktade lövens
dödsögonblick och förmultning.

På våren bar hon en brun slokhatt för att slippa
undan solen. Hon tog långa promenader, rörde sig i
stadens utkanter där betongens gråskalor förmådde

uppsluka henne totalt, återvände inte hem förrän efter midnatt. Då hade jag oftast gått till sängs, låg mellan skrynkliga lakan klädd i min enda pyjamas, den med dinosauriemönster. Hennes lätta steg strök nästan ljudlöst genom hallen, men den knarrande golvplankan utanför mitt rum förvarnade mig om hennes ankomst. Hon gläntade på dörren, skred fram till bädden och placerade en hastig kyss på min panna innan hon lika plötslig var försvunnen igen. Hennes läppar var kalla iskristaller, lämnade ett köldens avtryck som följde mig in i sömnen.

Vad jag vet fanns det aldrig någon man – hur jag kom till är ett mysterium. Det är omöjligt att tänka sig min mor i någon form av erotisk situation, men det behöver naturligtvis inte ha gått till så. Förut grubblade jag mycket över faderskapet, såg potentiella fäder i varje ansikte på gatan, spionerade på en frukthandlare i nästan två år innan jag avskrev honom som möjlig kandidat. Det var hans sätt att varsamt placera frostiga päron i formationer utanför sin bod, hans vana att bära hela famnen full av apelsinlådor. Men vid närmare eftertanke var vi inte alls lika. Inte överhuvudtaget.

Jag var aldrig särskilt lik min mor heller. Min mun lyste fylligt stor och röd, ett otäckt misstag i ett annars vinterfärgat ansikte. Näsan intog en central plats, hävdade sin rätt att växa just där, grodde likt en övergödd potatis. Min mors ansikte var avskalat, rent, hållfast. Det visade ingenting. Det ville ingenstans.

Till slut återstod endast två möjliga scenarion för min tillblivelse; antingen blev min mor våldtagen, eller så var hon inte min verkliga mor. Båda alternativen var smärtsamma att tänka på. Jag tänkte inte på dem mera.

Jag blir inte trött, jag vet inte varför. Hur länge har jag sprungit? Jag ska ingenstans. Den grå tröjan jag bär måste vara upphittad i en soptunna någonstans. Den är solkig och urtvättad, men funktionell. Hur länge har jag burit den? Minst en vecka. Jeansen klibbar mot låren i vätan, men det stör mig inte längre. Kanske störde det mig inte förut heller, jag kommer inte ihåg. Jag har låtit raka av håret, det föll ner i mina ögon under löpningen, en kraftig man med tunn mustasch avlägsnade det långa hårsvallet på en enda minut, ville inte ens ha

betalt. Först efteråt insåg jag att min tystnad och de
yvigt förklarande gesterna skrämt honom.

Det började under en inköpsrunda. Jag hade som
vanligt suttit vid skrivbordet och stirrat på ekarna tvärs
över gatan då jag förnummit en känsla av hunger,
lusten till bröd, smör och ost plötsligt påtagligt
närvarande i svalg och buk. Butiken i mitt kvarter är av
ålderdomligt slag, med varorna bakom disk. Jag stod
plötsligt skeppsbruten på de blankslitna golvplattorna,
djupt generad och oförmögen att få fram ett enda ord.
Famlade hjälplöst runt kring samma stavelse, gav upp
när förödmjukelsen blev för stor, stegade ut på gatan
där trafikens dånande vrål gjorde mig yr i huvudet, jag
ville skrika men inget ljud trängde fram ur min strupe,
förbipasserande stirrade eller det var åtminstone hur
jag upplevde det, slutgiltigt ensam men bevakad,
medan himlen föll ner i tunga sjok och gjorde avtryck i
asfalten som hotade luckras upp och rämna, sluka mig.

Senare på dagen besökte jag en annan affär, snodde
nervöst runt bland hyllorna, rev åt mig tillräckligt
mycket proviant för att klara mig en vecka eller två.

När expediten gav tillbaka växeln hörde jag förvånat min egen röst svara med ett klart och tydligt *tack*. En vårbäck av självklarhet, som hade det aldrig varit svårt.

Under den närmast följande tiden blev tystnaden min ständiga rädsla, en efterhängsen vän som aldrig visste när det var dags att gå hem. Ibland kunde jag föra långa konversationer med de gamla kvinnorna som fördriver sina dagar genom otaliga café au lait och mentolcigaretter på uteserveringen framför min ytterdörr, men plötsligt övermannades jag av tystnaden igen, stod handfallen i biljettluckor och inför avlägset bekanta som envist frågade hur det stod till. Tvingades lägga på luren just när jag äntligen kommit fram i telefonkön.

En gång bland alltför välekiperade restaurangbesökare, endast åtskild av ett otympligt ekbord från den kvinna jag sedan länge önskat fördjupa min bekantskap med; hennes mörka hår glödde i dämpad belysning från stearinljus och rispapperslampor, hon bar en lång kaftan med broderier och stora fjädrar prydde öronen. När kyparen föreslog ett Rioja från 2011, det år då

rankorna stressades av en alltför varm vår och gav små
druvor med låg syrahalt, men producenterna
nödtorftigt lyckades rädda skörden och skapa ett
tjänligt vin som dock saknade verkligt djup, ville jag
protestera och kräva en bättre årgång. Till min fasa
förblev min tunga orörlig, läpparna ljudlösa, svalget
torrt och klanglöst. Jag kunde bara nicka stumt och
betrakta hur våra glas fylldes. Kvinnan mittemot log
muntert, som delade vi en gemensam hemlighet. Jag
gjorde en ursäktande rörelse med handen mot
toaletterna, hämtade snabbt ut min jacka och försvann
i den kyliga kvällsluften.

Natten blev sömnlös. Jag promenerade till stadens
ytterkanter, försökte skrika åt betongen men min mun
var ett hjälplöst hål, en meningslös grop i universum
där allting utom ljudet rymdes.

Sedan dess har jag i möjligaste mån undvikit andra
människor. Den mest nödvändiga konversationen
klarar jag med hjälp av gester. Ibland fungerar talet
men eftersom dess funktion är oberäknelig och när som
helst kan falla bort, har jag nästan glömt hur det kändes

att förmå uttrycka sig obehindrat. Det är enklare att förhålla sig till tanken på ett liv i total tystnad och foga sig under naturens nycker, än att med oförbätterlig hoppfullhet öppna munnen, visa fågelungens gap, bara för att återigen mötas av ett bakslag. Jag har alltså slutat använda mina stämband. Det har passerat mer än ett år sedan jag senast utstötte ett ljud, nu vet jag inte om det alls är möjligt för mig. Nu måste jag bara hålla mig i rörelse.

Egentligen har jag aldrig varit särskilt förtjust i ord, och det förvånar mig därför att jag saknar dem med sådan intensitet nu när de är borta; jag har oftast hållit avstånd, inte aktivt sökt andras kontakt. Jag borde således vara ovanligt bra rustad för just en sådan här åkomma, men det är något med kraften i fenomenet och min egen hjälplöshet som gör mig rasande.

Ilskan kräver sitt utrymme och bränsle, jag började med att fängsla monsteran. Sedan klippte jag sönder alla mina ytterkläder, sprättade upp den mintgröna rokoko-soffan med kniv, högg gång på gång, såg den anrika stoppningen flyga över rummet och sprida sig i

gulbleka snödrivor runt mig. Jag krossade porslinet tyst,
för att inte väcka grannarnas nyfikenhet. Min mors
tallrikar inlindade i handdukar, slagen träffade
badrumsgolvet, jag sopade noggrant efteråt.

När ödeläggelsen var avslutad låste jag dörren och
gick ut genom porten för sista gången. Nycklarna ligger
på kanalens botten.

Jag har inte ätit någonting på flera dagar, min kropp
kräver inte längre föda. Den behöver bara hålla sig i
rörelse, då kommer allting att ordna sig. Annars vet jag
inte. Jag har övervägt att lämna stadens bekanta
miljöer, ge mig ut på landsbygden, söka skydd i en lada,
fortsätta på vindlande grusvägar i obestämd riktning
tills utmattningen förr eller senare kommer till
undsättning och förändrar mina förutsättningar.

Men någonting binder mig här, minnen av
barndomens spruckna händer, de ständiga problemen
med eksem som vägrade ge vika, otaliga läkarbesök
tillsammans med min mor. Svept i sin tystnad skred
hon in på mottagningen och höll fram mina såriga
händer. Jag skrek och grät, sökte hennes famn, men

hon sköt obevekligt min tunna kropp ifrån sig – *bort från skötet* – och tvingade mig att följa med in i undersökningsrummet medan hon väntade utanför. Vad hon gjorde därute vet jag inte, det går inte föreställa sig att hon bläddrade i veckotidningar. Hon var inte den sortens kvinna. Jag blev hemskickad med en ny sorts salva, lika verkningslös som den förra. Det visade sig ofta att min mor glömt kvar sina handskar i väntrummet.

Ibland om nätterna tycker jag mig höra hennes röst, sådan den lät hemma hos oss när hon trodde att ingen hörde. Under de timmar då vi borde ha sovit. Hon rumsterade om i lägenheten, flyttade porslinet från ett köksskåp till ett annat, släpade möblerna över golvet. Det hände att jag smög upp, med ett vigt kliv undvek den skvallrande golvplankan och placerade mig dold bakom ett skynke för att iaktta henne. Hon sjöng lågt medan hon kämpade med tunga byråer, nötta sammetsstolar, boktravar, cembalon. Hon rökte aldrig inomhus. Hennes röst var svag men utsökt, hon sjöng vackrare än alla de långt mer konturstarka kvinnor jag längtansfullt betraktat i tv-sändningar från kontinentens operahus. Sångerna var lätta moln som skyndade över en orolig sommarhimmel, hon sjöng för att jaga bort natten, hennes sång var en överlevares handfasta pragmatism. Hon sjöng för att hon måste.

På morgonen stod möblerna precis som förut, det gick aldrig att ana vad som pågått under mörkrets osaliga timmar.

På kajkanten skymtar en gestalt, pojkkroppen ligger orörlig. Sover han? Jag slår av på takten, hukar invid honom. Han andas. Munnen är lite öppen, en droppe saliv tvekar i mungipan, vågar sig ännu inte på det fria fallet. De släta kinderna vittnar om ungdom, han bär en vindjacka, smutsiga chinos. Han ser varken rik eller fattig ut, jag kan inte avgöra om han tillhör staden eller är en av de genomresande unga män som drömmer om ett bättre liv på andra sidan vattnet. Håret är mörklockigt, men hyn lyser onaturligt vit i skenet från strålkastarna som bevakar hamnen.

Jag ser mig över axeln, allting är orörligt här. Resenärerna har funnit en tillfällig vila inuti sina lastbilar, morgonens leveranser ännu inte börjat

strömma in. Pojken sover, kanske är han berusad. Det
är en märklig plats att vila på, han ligger så nära
kanten, det stora djupa. Hans drömmar balanserar på
gränsen till en avgrund, ändå är hans andetag långa
och jämna, ansiktet fridfullt, saliven lämnar äntligen
munnen och landar i en liten pöl på den skrovliga ytan
undertill. Han ser inte ut att ha ett enda bekymmer i
världen.

Är han inte rädd? Det vore så enkelt att rulla
honom över kanten, som att vända blad i en bok. Ett
enkelt handgrepp, sedan ljudet då kroppen träffar ytan,
därefter åter total tystnad – så föreställer jag mig det.
Om han inte vaknar, skriker, försöker rädda sitt liv.

Någonting i hans sömn tyder på att den inte är
förhandlingsbar, att hans sovande tillstånd är lika
konstant som min tystnad. En god natts sömn har blivit
ett fängelse; ouppbrytbar glömska och en ny form av
isolation.

Månen skymtar blek bakom en ridå av moln och
avgaser, vore det inte för strålkastarna skulle det här
vara en mörk natt. Jag hatar plötsligt denna onaturliga

belysning, detta ingrepp i naturens avsiktliga
förlägenhet. I natt ska inga stora scener ta plats, inga
dåd av dignitet ske. Bara de små rörelserna, en kropp
som rör vid en annan, en hand fattar en axel, den kan
fortfarande bestämma sig för att endast ruska lätt, fråga
hur det står till. Men handen äger ingen röst och inga
frågor blir ställda.

En annan hand som rör vid ett ryggslut, det är
nära nu. Ödet väger sina möjligheter, kastar tärning på
tu man hand. Jag tillåter mina handleder en sista
vridning, det går förvånansvärt lätt, han är försvunnen
innan jag hunnit säga adjö. Vattnet är åter stilla.
Natten är ännu tyst.

Tystnadens namn

Jag kan inte längre säga någonting som är sant, men
har i själva verket även frånsagt mig lögnens verktyg.
Här står jag kvar, bristfälligt klädd i tystnadens praktik.
Jag försöker skriva sådant som inte går att tala. Det
finns minnen som innebär slutet på de utmärkta
stigarna och början på en mycket vidsträckt myrmark,
barndomens löften om undergång i svart kallt vatten.

Det finns inga tystnader som går att mäta, de
förblir alltid dunkla. Deras ursprung är fukten. Jag
befinner mig i tystnadens grop, detta hålrum i tiden där
man försöker att tala utan ord. Jag kan inte prata, inte
med dig. Inte som oss.

Jag går tillbaka till den verklighetsflykt som varit mitt
modersmål ända sedan jag förlorade min mor, det vill
säga vid födseln. Skräms av barnets tyngd i mina
armar, eftersom jag liknar modern då, min egen – hon
som aldrig tillhört mig. Samma bottenlösa avsaknad. Vi
tiger, jag och min mor, inför det nya barnets stumma
blick. Vi är tysta.

Jag kan inte längre uttala mig om det här livets följder, och måste i vilket fall som helst betrakta mina omständigheter som fiktion för att orka överleva. Det finns minnen av tunga kappsäckar, lastade till bredden med otvättat arvegods.

Lakanets broderade initialer: *B J M V H.*

Är det tystnadens praktik vi tillämpar, eller beroendets? Ett ömsesidigt sönderfall som tillåter våra armar att åter kroka i varandra, på vägen till mataffären just då gatlamporna tänds om eftermiddagen. Tiden har gått i träda. Över lekplatsens fastfrusna scenografi är det redan mörkt. Gungor som inte vajar för vinden. Mycket våt sand.

Jag ser dina tänder blänka till i reflektionen av ett leende vars mönster du glömt. Allting vi möter i speglarna är grimaser, clownbilder av människor som bott här förut. Vi bodde här förut. Nu utgör platsen inte längre ett hem utan är blott en lokal för att låsa in våra kroppar i om natten, när det går. Om vi misslyckas låses kropparna in på andra ställen, där väggarna helt saknar utsmyckningar och den fräna

lukten skaver i näsan. Jag fraktades till en sådan plats
igår natt. Du saknade egna nycklar till bostaden men
uppfann avlagrade sagor för att mota undan din egen
rädsla, utan att undra var jag tagit vägen.

På bordet en sista blomvas, urdruckna karaffer,
nedbrunna ljus. Det här är inte en bostad. Det är en
litografi över tiden som redan runnit oss ur händerna
och blivit till sumpmark i andra människors
garderober. Utspillt liv.

Jag har glömt underkläder på fler köksgolv än det
finns tänder i din mun, och du har aldrig ställt en fråga
om det eftersom du föredrog att ingenting veta.
Kropparnas praktik i mörker.

Du håller hårt när jag fyller sängen med tystnad.
Sedan letar vi efter hörlurar under lakanet, för att fylla
mörkret med andra röster. Som palliativa patienter
ansluter vi oss till maskiner med en lur i varje öra, för
att slippa lyssna till sorgens sång som ekar igenom
väggarnas kompakta stillhet.

Vi gör det inte av tvång, men ändå skulle följden
bli undergång om vi försökte låta bli att mota bort den

sista sortens svar, innan vintern bryter igenom vårt hölje emot myrmarkens territoriella landvinningar på natthimlen.

Jag har inga sanningsanspråk, men det beror på att jag överhuvudtaget inte har några anspråk kvar, och ingen rätt att tala. Den här tystnaden är mitt enda legitima alternativ, nu när jag våldfört mig på de små gafflarna i lådan.

Utanför färdas ännu båtar, oberörda. Barnet sover som förut, och jag sover aldrig numera. Om din sömn vet jag nästan ingenting, annat än att den är lätt och flyktig som sommarmolnen vilka hetsar varandra över en hänsynslöst blå himmel, sådana dagar då båtarna är fler till antalet och världen verkligen ljuger.

Jag önskar att pianot förblivit ostämt; då hade jag haft ett giltigt skäl för att inte spela. Nu är instrumentets tystnad bara ännu en tystnad att samla på hög, i en årstid som riskerar att försummas av dem som glömt sina vantar på lekplatsen. Jag minns ingenting, och du glömmer.

Min mors röst bor i telefoner, där hon delar ut goda
råd till sådana som inga råd behöver. Min syster är
prisbelönt. Hon behöver ingen oro, men min mor lastar
henne ändå full. Hos min syster ödslar hon all den
ängslan som varit bortkastad på mig. Jag försöker döva
känslan av triumf.

Inuti teatern kramar jag din hand medan tårarna
rinner, för jag vet att vi måste gå därifrån. Jag ville
stanna bland dessa vackra lögner. Kanske att någon
kunde förstå, om jag bara fick sitta kvar i baren hela
natten och långsamt berusa min kropp på vin.

Jag är yngre än alla andra här, min klänning lyser
rödare. De vet inte att jag är en brottsling. Därför
älskar jag dem – för deras gränslösa okunskap.

Sedan går vi ut i höstnatten och bilarna stannar inte vid
övergångsstället för vi har blivit osynliga. Du, med
marinblå rock. Jag i en ärvd kappa. Jag håller din hand
medan tiden pulserar och splittras inför våra ögon,
regnar glassplitter över alla trottoarerna här.

Jag önskar att skärvorna ville fastna i våra ögon
och göra åverkan, men ingenting – absolut ingenting –

sker. Åter fullkomlig tystnad. Total stiltje. Nattens
påtvingade harmoni.

Vi har gått vilse inuti växthus och stannat kvar efter
stängningsdags, skålat i vinglas med trasiga fötter
medan kackerlackorna föll i klasar från taket, doppat
avskavda ord i vattenbassängerna där. Då var det
möjligt att tala. Jag ropar efter en lämplig scenografi att
vara tyst inuti.

    Utanför tilltar solljuset och jag känner mig förrådd
av en höst som lovade att kapsla in förlustens
obönhörliga effektivitet. Jag behöver ligga i den våta
sanden ikväll när stormarna drar in från väster. Där ska
jag glömma att jag är en människa av kött.

    Mitt barn sover bort tystnaden med fjärilsvingar i
sina näsborrar. Min enda kropp är täckt av tunga filtar
och skakar.

    Du är försvunnen på tionde våningen ovanför
marken men det gör ingenting, inte nu.

Vi har sprungit ikapp invid spåren i väntan på en
verklig olycka, men allt vi fann var urblekta

reklampelare och en midnattsfågel som inte kunde sluta
sjunga. Vi tog en taxi därifrån. Från vissa platser går
det bara att färdas med hyrd bil, en sådan man betalar
för tystnaden i. Vi slet våra sista sedlar ur kroppen och
slätade ut dem i förarens hand, bad honom föra oss i
säkerhet. Han log älskvärt. Han sade ingenting. Sedan
lämnade han oss till polisen.

Nej, den här berättelsen är inte sann – det kan den inte
vara. Ändå minns jag den som ett verkligt minne, en
inpräntad dröm bortom hjärnbarkens tunna motstånd.
Ett landskap täckt av våt sand och svart kallt vatten,
barndomens insjöar, barnets flytande lögner.

Moderns röst på telefoner från avlägsna platser,
letar inte efter sanningen mer. Jag är den som reser
utan att komma fram. Tystnaden tillhör mig, har blivit
till ett modersmål.

B J M V H.

Hon säger inte ett ljud, bara dessa fladdrande
andetag precis under höstens sista himmel.

De släcker belysningen i vårt kvarter, ljus efter ljus som
plötsligt dör ut, räknar timmar, räknar borttappade
skratt som kapsejsat bland löven. Räknar aldrig löven,
trädens tårar, nattens gång. Räknar inte synder,
eftersom sådana saknar namn.

Mitt namn står skrivet i sanden, på ett lakan som
inte får tvättas. Min mors initialer ristade i sten på en
grav. Ditt namn, utan minne. Dina tänder just under
himlen när sirenernas höstsonat tilltar i styrka och
vinden plötsligt blir stilla. De låser fast mina armar med
metall, och jag tror att du ler. Blänker till. Sedan åter
svart sand, ord på öppet hav.

Jag går tillbaka in i barndomens katakomber, flyr från
ett erbjudande om ljus. Priset är inte värt att betala. Jag
har ingenting mer att ge. Och utan sanningen i behåll,
vad återstår då av tiden när vi levde tillsammans i ett
kvarter med en upplyst matbutik och hela lekplatsen
full av sand? Kvarglömda fingervantar på förstelnade
parkbänkar, ryggmärgens permafrost.

Barnets uppvaknande på ett lakan som aldrig ska
bära vårt namn.

Moderskroppen

Moderskroppen utgörs av en frånvaro där ingenting
tränger igenom, fastän allt når fram.

Moderskroppen är *allting annat* än en plats att komma
hem till; moderskroppen definieras av resandet (bort).

Modern är en entitet som skrämmer barnet. Hon är
ursprung utan att vara svar, härskare utan att vara
ledsagare, medpatient och kurator i samma person.

Modern är *allting* som inte blev av – förkroppsligad i
avkomman men aldrig sig själv – och lever därmed
skugglik i utkanten av staden under träden invid vattnet
på katters vis, där hon är ett enkelt byte.

Moderskroppen är summan av det som inte blir kvar
när räkenskapen är avslutad.

Den som sade att mödrar alstrar värme ljög. Den som
sade att moderskärleken är större ljög. Den som säger

att mödrar är vuxna nog att axla sitt ansvar ljuger.

Den som säger att modern är tryggheten ljuger tungan blå. Den som säger att kvinnor är mödrar ska få tungan avskuren. Den som säger någonting nu är död.

Modern är en överhängande fara och så har det alltid varit. Hon är livgivaren som kräver varje droppe blod tillbaka, bittert betald i saltstänk på barnets egna kinder när strömmen reflekteras i moderns ansikte och deras vanmakt skiner ikapp.

Modern är en fara för sig själv men i ännu högre grad för barnet, som måste se på.

Modern är blicken som vänder bort när barnet faller.

Modern är inte här. Förstår du nu.

Barnet är människan som gråter. Barnet är en människa.

Modern är en staty rest till minne av livet och döden,
en livlös tingest som snörvlar över kaffekoppar och
bläddrar i listor, färgar håret och byter om igen.

Modern är spegelbilden av sin egen frånvaro.

Hon är inte stark, och inte heller vacker. Hon går runt
som på nålar och sticker sig utan att ta notis därom.

Hon är plågad men ignorant, våldsbenägen utan att
erkänna sin sårbarhet. Hon är döden mitt i livet och en
överhängande risk som aldrig går till ro; mödrar oroar
sig på mödrars vis, för sin egen kropps förfall.

Barnet är en oundgänglig skönhet vilken tär på
moderns tålamod och blir till regndroppar i en sent
påkommen juniträdgård som dignar under sin egen
fruktbarhet. När natten sänker sig över landskapet hörs
endast barnets andetag eftersom modern inte är kvar.

Mitt i köket står en kvinnokropp i arbete. Ensamheten
utgörs av avståndet mellan hennes sköte och barnets

fötter (mot jorden), av de snyftande händerna och ett
enkelt namn. *Mamma.* Av tystnaden som följer och
moderns intensiva blick in i skåpsluckans
söndervittrande träslag. Av radion som inte är på. Av
årstiden som inte finns. Moderns hot blir större när hon
avtar och hennes existens närmar sig nollpunkten – i
brytlinjen mellan två andetag.

Barnet pausar inte. Barn går inte att sätta på paus.
Kaffet kallnar medan modern sörjer sina nycker och
älskar med sitt nyfunna sår, tämjer levern och kokar
mer kaffe. Inget nikotin, inte nu. Hon är nykter och rak
och förfärlig. Sann endast mot sig själv och döden.

Hon försöker älska utan att åsamka skada men vet
faktiskt inte hur det går till. Sitter istället på bussar
genom gamla städer och kramar nya händer med falska
ursäkter för att mota bort självinsikterna och vinna en
ny tidsfrist. Blir gammal medan åskan går.

Barnet utgör en återsamlingsplats efter katastroferna,
en kropp för modern att vila hos.

Moderskroppen är en karta över livets tafatthet; hon
vill inte växa upp men är så rädd för döden att hon
förkastar livet. Står i korta jeansshorts och poserar invid
floden, är sådär omöjlig och behagfull att hon råkar ut
för samma utnötta olyckor som förut. Tänker inte på
barnet, nästan aldrig. Gråter bara över sina förlorade
fotografier.

Barn är tystare på bild, mer som troféer.

Moderskroppen är ett skäl att fly.

Moderskroppen är en blottlagd frukt vilken jäser i solen
tills skinnet brister.

Moderskroppen är sveket som utgör början till barnets
monumentala vilsenhet, om ingen ingriper i tid.

Modern är inte Gud – ingen kan vara det. Det tål att
upprepas: *modern är inte Gud* och har aldrig varit det, inte
ens förut. Modern är skälet till att barnet fortfarande
gråter och aldrig lämnar oss ifred.

Barnet vet. Det är därför situationen blivit farlig; barnet förstår precis, mer än vad någon kan ana. Mer än modern själv antagligen.

Moderskroppen är handen som dalar genom den stillsamma juniskymningen för att fösa barnet in i sömnens omtöcknade snårskog, de torra fingrarnas ihärdiga vals mot den nyblivna benstrukturen.

Moderskroppen är en motsägelse som blivit till ett fängelse för henne själv och barnet. De lever inneslutna i samma totala avsaknad. Där modern är finns ingen trygghet. Nu är de rädda, för döden eller livet. Omfattade av en lösaktig hängivenhet som kommit för att ersätta kärleken. Tiden tränger sig på. Utanför faller sommaren ner i flagor.

På slutet dör någon, barnet eller modern. Jag vet inte vem som går först.

Postludium

Det finns en kärlek som saknar namn. Man kan inte
kalla den *moderskärlek*, och se: ändå existerar den.

Omätbar. Omättlig. Oumbärlig.
Och barnet: omätbart, omättligt, oumbärligt.

Barnet: vid liv.

Tack till

min första musa Håkan

och alla hans efterträdare